红楼碧看

王路 著

深圳出版社

图书在版编目（CIP）数据

红楼碧看 / 王路著. –– 深圳：深圳出版社，
2024.5
ISBN 978-7-5507-3899-7

Ⅰ.①红… Ⅱ.①王… Ⅲ.①《红楼梦》研究 Ⅳ.
①I207.411

中国国家版本馆CIP数据核字(2023)第161358号

红楼碧看
HONG LOU BI KAN

出 品 人　聂雄前
责任编辑　简　洁
责任校对　万妮霞
责任技编　郑　欢
封面设计　日　尧

出版发行　深圳出版社
地　　址　深圳市彩田南路海天综合大厦（518033）
网　　址　www.htph.com.cn
订购电话　0755-83460239（邮购、团购）
设计制作　深圳市龙瀚文化传播有限公司 0755-33133493
印　　刷　中华商务联合印刷（广东）有限公司
开　　本　889mm×1194mm　1/32
印　　张　7.75
字　　数　135千
版　　次　2024年5月第1版
印　　次　2024年5月第1次
定　　价　48.00元

序

　　写《红楼碧看》最大的问题是,《红楼梦》太火了,聊《红楼梦》的人太多了。——那么多人聊,你还能有什么想法,是别人没想到的呢?别人想到了,你再去聊它,有什么意思呢?

　　而且,你不可能把所有聊《红楼梦》的资料都看完,那是一个过于庞大的数据库。我没有那个能力,也没有那个财力,更没有那个精力。我只能根据手头两套人民文学出版社的《红楼梦》来聊,碰到想深究的细节,上网搜搜容易见到的版本。条件非常简陋,也没有经费支撑。

　　但我相信我还是聊到了一点儿别人没有聊过的内容。主要体现在第二节"红楼史看"。取名《张道士:清虚观打醮始末》《蒋玉菡：宝玉引逗琪官考》《秋纹：怡红院的小偷探赜》，也是想体现这种风格。《红楼梦》是虚构的，但也不妨尝试，用类似处理非虚构材料的手段套到上面，不是为了求真，是为了好玩。也是践行韩退之的"惟陈言之务去"。

除了"史看"，其余三个章节叫"经看""子看""集看"——也是为了好玩。"红楼经看"，是聊价值观的；或者说，以聊价值观为主。我比较喜欢的是小幺儿与柳嫂那一节。在我寓目的文献中，似乎没见谁聊过这一点。主要是因为小幺儿是个太不起眼儿的人物，连名字都没有，柳嫂也只是有个夫姓，所以专家学者不大去注意——这也是聊小人物的好处。而主角儿，想聊出新意几乎不可能了。袭人名字一节，我想到卢照邻的《长安古意》，"飞来飞去袭人裾"。发在网上很多人看，然后有人告诉我，别人已经提出过了。我如果知道别人提出过，这篇就不写了。好在对贾政的判断和解读与别人不同，也就留下了。

经常有人问：你说《红楼梦》隐含的这些意思，曹雪芹真的就是这么想的吗？是故意这么设计的吗？——不一定。如果曹雪芹真这么想，我能根据文本看出来，别人为什么看不出来呢？我又没有稀罕的文本。所以，越是有自家见地的地方，也就越缺乏依据，越主观。越合乎情理的推想，独创性也就越弱。这是没有办法的。

好在除了挖掘别人难以想到的点之外，还可以从故事的褶皱上去聊。那就不是史学的聊法，而是文学的聊法。今天，越来越卷，搞历史的，经常把文章写得像搞文学的，以显得瑰丽奇怪；搞文学的，经常把文章写得像搞考古的，以显得缜密扎实——这早就不算跨界了。还有搞经济学的，用计量方法研究曾国藩，发了顶刊。历史学者很生气，说你们太不尊重历史学者了，你们"发现"的结论，在历史学界根本就是常识。不过我觉得，结论也许并不重要，有意思的是介入方法。上个月还有个 2002 年的诺奖经济学得主，研究发现，收入提高可以让人感到更幸福。"红楼子看"一章，结论也有点类似这种——《戴权：你又吃亏了》，是写花钱办事的；《秦钟：白日行房的背后》，是写请客送礼的。

我尽量让标题里出现的人物不重复。而且没有以贾宝玉、林黛玉、薛宝钗、史湘云、贾探春为正标题，也就是出现在标题中冒号的前面。但内容是都涉及的。

"红楼集看"的三篇，是聊文学；具体来说，是聊诗词。

我对《红楼梦》别有一种情结，它是我的诗词启蒙读物。我小时候背诗，不知道有格律这回事，十二三岁，上初三，知道了，想找一本讲格律的书，找不到。直到高三，我和同学梅俸铜在逛一家非常不起眼的租书铺的时候，发现了王力的《诗词格律》，他押了十块钱租金，出了门就说"不准备还了"——找老板买估计也花不了十块。他给我看，我一个上午，搞懂了格律是怎么回事。而在那之前的一年，我主要是通过《红楼梦》来体味古典诗词的作法。虽然当时也从《古诗源》《唐宋词鉴赏辞典》中背一些篇章，但让我最会心的，是《红楼梦》。

现在我知道，《红楼梦》的诗词也不算特别好，曹雪芹在他的时代，也不是一流的诗人和词人，但是我对曹雪芹的情结是特殊的——他是我的诗词启蒙老师。饮水思源，我对《红楼梦》诗词独有一份钟爱。而且，一个人在少年时代生起的钟爱，很可能会伴随一生。那是我十五六岁的时候，2003 年到 2004 年。

大概 2013 年或 2014 年，我重新翻《红楼梦》，更留意的是小说情节，感觉太好了，是十年前看《红楼梦》不曾体会的。因为十五六岁的时候，还是文艺少年，二十五六岁的时候，踏入社会了，已经开始了解世事人情。2020 年起，我系统地教别人写作（以前做过讲座，但不系统），选取了不少《红楼梦》的段落，也是最受欢迎的。我再一次感到曹雪芹是写小说的天才。这本《红楼碧看》，也是于 2020 年、2021 年、2022 年分别写成的，只是不连续，有时候大半年不写，有时候一周写两篇。

我写作课上讲《红楼梦》的内容，80% 以上都没放进来，一是觉得，讲给学员的，公开发出来，报名的人就吃亏了，起码也要过几年再说吧；二是因为，那些是偏创作的分析，是讲给写文章的人，而这本书，是讲给读文章的人，角度完全不同。

好了，我暂时没有想多说的了。

王　路

2023 年 3 月 6 日

目录

红楼子看　世事人情

红楼集看　文采风流

红楼经看

伦理纲常

柳嫂：一场隐晦的性骚扰

《红楼梦》第六十回《玫瑰露引来茯苓霜》一节末尾，柳氏从她哥哥家回来——

> 刚到了角门前，只见一个小幺儿笑道："你老人家那里去了？里头三次两趟叫人传呢，我们三四个人都找你老去了，还没来。你老人家却从那里来了？这条路又不是家去的路，我倒疑心起来。"

这是一段隐晦的性骚扰。不注意，看不出来。这个小幺儿年纪不大，跟柳氏女儿柳五儿差不多，大概也就十五六岁，正在青春期。从哪里知道的呢？

一是，柳氏对他来说，辈分是"婶子"。门内老婆子让他找柳氏时说："小猴儿，快传你柳婶子去罢，再不来可就误了。"

二是，这小幺儿和大观园里一两个丫鬟挺熟的，熟到差不多可以说是在谈恋爱或者搞暧昧。他对柳氏说："单是你们有内牵，难道我们就没有内牵不成？我虽在这里听哈，里头却也有两个姊妹成个体统的，什么事瞒了我们！"——这里的姊妹，并不是指他的家人或亲戚，假如是他的家人或亲戚在里面"成个体统"，柳氏早就知道了。再者，如果是那样，他也不会说"里头却也有两个姊妹成个体统的"，而必然要说"也有两个姊妹在里头成个体统的"。前者是说他跟里头很多姊妹熟，其中有一两个"成个体统"。从跟园子里丫鬟的关系来看，小幺儿虽然年纪小，情商是不低的。

柳氏女儿柳五儿是正谈婚论嫁的年纪（有个钱槐一直盯着她，还找媒人说了），这小幺儿也差不多是同样的年纪。因此知道，小幺儿大概十五六岁。

柳氏多大呢？她女儿柳五儿十六岁，她大概是三十多岁。绝不会到四十。否则，小幺儿就该叫她"大娘"了。

柳五儿长得"标致"，想来柳氏也是多少有些风致的。这个青春期的小幺儿就忍不住要拿她开个男女方面的玩笑。

但柳氏毕竟高了他一辈儿，小幺儿虽然一张嘴挺能说，也不敢太露骨，只说："你老人家却从那里来了？这条路又不是家去的路，我倒疑心起来。"

意思是：大白天的，各处都找不到你，你又没回家，我怎么有点怀疑，你偷偷找汉子去了？你承认不承认？——小幺儿嬉皮笑脸。

柳氏的回答印证了小幺儿的意思：

那柳家的笑道："好猴儿崽子，你亲婶子找野老儿去了，你岂不多得一个叔叔，有什么疑的！别讨我把你头上的杩子盖似的几根尿毛捋下来！还不开门让我进去呢。"

柳氏没恼——她为什么不生气？其实，柳氏是个正经的人。后来晴雯被撵出大观园，送到嫂子家，宝玉去看她，袭人差柳氏和柳五儿把晴雯的东西送过去。柳氏进了晴雯嫂子家，见内屋闪过一个人影儿，以为是晴雯嫂子偷的男人，很尴尬，放下包袱就走，一句闲话不说。可见，真碰到这事儿，是会让她脸红羞耻的。

不过，被一个跟自己女儿差不多大的小幺儿口头骚扰，她并不恼。一方面，像这样的口头骚扰，在贾府各色仆役里，实在太常见；另一方面，对方毕竟才十多岁，在她眼里还是个小孩儿。于是，她顺着小幺儿的意思骂回去："你亲婶子找野老儿去了，你岂不多得一个叔叔，有什么疑的！"——嘴上荤的人，碰到事倒可能是个正经人；嘴上正经的人，碰到事倒不一定正经。

这句话里，暗藏着一点儿信息。重点是"亲婶子"的"亲"字。小幺儿虽然喊柳氏"婶子"，但这只是对年长一辈儿又比自己父母年纪小的女性的泛称，柳氏跟小幺儿并没有亲戚关系。柳氏这么说，也不排除是小幺儿的亲婶子真有找野老儿这回事儿。所以柳氏反过来骂小幺儿的亲戚。

"亲婶子""叔叔""杩子盖"，都是柳氏在强调小幺儿和她的年龄差距——你才几岁！倒想占我便宜！"杩子盖"，就是马桶盖，是对儿童顶上一片头发的蔑称。小幺儿当然早过了儿童的年纪，而柳氏这么骂，是故意把他往小了说，意思是：你还没发育好呢！就来跟我扯这些！

插句题外话，这里的文字，不同版本不一样。人民文学出版社的是："别讨我把你头上的杩子盖似的几根屃毛挦下来！"而有的版本是："别叫我把你头上的杩子盖揪下来！"——这种差别，可能是曹雪芹改稿时的取舍。曹雪芹批阅十载、增删五次，在这种地方也是仔细琢磨的。

柳氏骂小幺儿，小幺儿的嘴比柳氏还溜，立马回击：

这小厮且不开门，且拉着笑说："好婶子，你这一进去，好歹偷些杏子出来赏我吃。我这里老等。你若忘了时，日后半夜三更打酒买油的，我不给你老人家开门，也不答应你，随你干叫去。"

小幺儿虽小，嘴倒是很油。这几句里仍然有"找野老儿"的暗示，但就是不露在明面儿上——

"日后半夜三更打酒买油的"，半夜三更，卖酒卖油的铺子都关门了，上哪儿打酒买油去？既然不打酒，不买油，又半夜三更跑出去，说是打酒买油，那到底是干什么，就可想而知了。——虽然贾府上夜的人也喝酒赌钱，但酒应该是白天就预备好的，油铺不至于大半夜还开。

柳氏并没有"半夜三更打酒买油"的行为，所以小幺儿只说"日后"，表示你将来也许有那时候呢。

不过，小幺儿这段话激怒柳氏，倒不在"日后半夜三更打酒买油"这种子虚乌有的地方，而在"你这一进去，好歹偷些杏子出来赏我吃"——千万不要以为小幺儿是图几个杏子，这是拐着弯儿说柳氏在大观园里偷东西。小幺儿的讲话水平还体现在，他故意说错了柳氏偷的东西——柳氏本来偷的是李子，现在他说的是杏子。

这该怎么理解？也许，他是要避开柳氏不想让人知道的事儿（偷李子），不过，也可以作更远的联想，这一点留到结尾再说。

柳氏偷李子的事儿，小幺儿怎么知道呢？——小幺儿的舅母负责看李树，"昨儿"正撞见柳氏摘李子，制止了她。小幺儿舅母晚上回到家，肯定会在家说，小幺儿也就知道了。这会儿提起来，柳氏只好气恼地解释：不是偷李子，是在李子树下赶蜜蜂儿。小幺儿说柳氏"找野老儿"，她不恼，说"偷杏子"，她就恼了。因为她没有找过野老儿，但确实偷过李子。

小幺儿和柳氏熟不熟？比较熟——小幺儿是谁，他的舅母、姨娘、两三个亲戚是谁，柳氏都很清楚。那么，对这么一个熟悉的婶子，小幺儿是不是之前也开过男女方面的玩笑呢？不是的。——如果此前开过，这里就没法再开了，如果此前说过柳氏"找野老儿"，柳氏这回也不会再用"你岂不多得一个叔叔"来骂他。可见，这是小幺儿第一回试探着用言语骚扰柳氏。从文学上讲，一件素材往往是因为"破题儿头一遭"，才有写的必要。也正因为是第一回，小幺儿还不太好意思，表达上还藏着掖着不敢太露骨。

那么，为什么他今天就突然敢用言语骚扰这个婶子了呢？正因为，他昨儿刚刚听说柳氏偷李子的事儿——这里的"昨儿"，很可能就是指前一天，而不是泛指最近。柳氏说自己"招手赶蜜蜂儿"就是在"昨儿"。可见，小幺儿是前一天晚上刚知道柳氏偷李子的事儿。

小幺儿想骚扰柳氏的心，应该是早就有了的。但在此前，他找不出一个由头儿——虽然也听说柳五儿要进大观园，但那算不上柳氏的什么把柄儿。就在前一天晚上，他听说柳氏偷李子未遂——那肯定是怕人知道的，他就拿到了由头儿。有了这天上掉下来的由头儿，他的胆儿就肥了。

所以，这天，里面已经三次两趟传了去找柳氏，别人都去了，他却不动身，并不往外面跑。大概是怕走岔了，错失逢见柳氏的机会。他稳稳蹲在角门前，等着柳氏从这里经过，再嬉皮笑脸说出一句看似随意实则蓄谋已久的话——是青春期的骚动让他头一遭向比自己年长一二十岁的女人开了这样的口。

现在，我们再猜一猜：为什么他要柳婶子偷"杏子"给他？他稀罕杏子吗？

民间有副流传很广的对联：因荷而得藕，有杏不须梅。

谐音是：因何而得偶？有幸不须媒。

小幺儿不说让柳婶子偷李子，而说让柳婶子偷杏子——"偷幸"给他呢！

鸳鸯：字典里没有『封』

贾赦看中了鸳鸯，但他不可能亲自去说，就让他老婆邢夫人来办这事儿。邢夫人先找到王熙凤商量——王熙凤是她儿媳，又是管事的。没想到王熙凤说："老爷如今上了年纪，行事不免有点儿背晦，太太劝劝才是。"

"不免""有点儿""如今上了年纪"，这些表达都是缩句可以缩掉的。一个人的讲话水平，往往体现在缩句可以缩掉的词上。没有这些词，注定是狠人，所谓"人狠话不多"。其实不是人狠，是话狠。同样的意思，话越短，就越狠——"老爷行事背晦"。

狠人说狠话，容易死得快，就像焦大，活不过三集。王熙凤是狠人，她要像焦大那样说话，就活不过前二十回。所以她需要话多一点儿，遮遮狠劲儿，在"行事""背晦"中间加上"不免""有点儿"，前面再戴个帽子——"如今上了年纪",气氛就温和多了。

这叫"表达对事化"——本来是针对你,针对你这个人,现在,要努力显得不是针对人,而是针对事儿,只是巧了,事恰好发生在你身上——谁上了年纪,行事都不免有点儿背晦,老爷也是人嘛,又上了年纪——都能理解。韩愈给柳宗元写墓志铭,说他"例出为刺史","例贬永州司马","例"就是这个作用:表达对事化。不管你是谁,碰上这种事,一律会这么处理。

如果王熙凤话到这儿就停下,那还好。但人都是有情绪的,委婉客气的话说在头里,后面来劲儿了,就收不住了。王熙凤接着说她公公贾赦:"比不得年轻,做这些事无碍。如今兄弟、侄儿、儿子、孙子一大群,还这么闹起来,怎么见人呢?"

今天有很多沟通课程,教人怎么跟别人沟通、交流。我觉得用处不大——人与人之间,难以沟通,根源不在沟通技巧,而在三观,在对事物的看法是否相容。

王熙凤,在本性上,就见不得男人这么搞。虽然她嘴里说"比不得年轻,做这些事无碍",但她的丈夫贾琏要做这些事,能把她气死。而邢夫人乐得当家的做这事儿——只要男人高兴,她就高兴,只要一切顺着男人,自己大老婆的位子就稳。邢夫人和王熙凤在婚恋观上是极端不相容的。那么，无论有多么高明的沟通技巧，都没用。沟通技巧是为了澄清不必要的误解。但很多时候，存在的不是"误解"，是价值观上的冲突。

《鸳鸯女誓绝鸳鸯偶》一节，有两个价值观极端冲突的场景，一个是王熙凤和邢夫人；另一个是金鸳鸯和平儿、袭人、鸳鸯嫂子。平庸的剧作家喜欢靠制造误解来引发冲突，很多冲突只是因为信息不对称：一个人该知道的事他不知道，不该瞒别人的事他瞒着，这就搞出一大堆乌龙，生出一大堆麻烦，看剧就是看这些麻烦。而高明的剧作家把冲突埋在价值观层面——不是我对你有什么误解，而是我和你面对这种事，从根本上态度就不一样。无论是怎样好的朋友、亲人，关系再怎么亲密，价值观的差异都不可调和。

王熙凤是个特别会说话的人，但说激动了，也难免要说出"还这么闹起来，怎么见人呢"，意思是：这还是人干的事儿吗？——根本上，还是对贾赦、邢夫人的行为反感。

而鸳鸯和袭人、平儿，没有地位上的尊卑差别，不像邢夫人是王熙凤的婆婆，王熙凤碍于尊卑必须掩饰真实看法——在邢夫人生气之后，把"老爷背晦"的评价藏起来。鸳鸯、袭人、平儿是可以知无不言、言无不尽的。

鸳鸯从邢夫人那儿得到了老爷想要自己的消息，心下不快，一个人到大观园里来，恰好碰见刚从王熙凤那儿得到消息的平儿。平儿见四下无人，笑着说"新姨娘来了"，惹恼了鸳鸯，"自悔失言"。

平儿是伶俐的人，行事得体，说话有分寸，在王熙凤和贾琏之间周旋还能不吃亏，怎么这时候就失言了呢？

根源还是在价值观的差别上。如果平儿这句"新姨娘来了"是对袭人说的，袭人一定不恼，就是装成恼心里也不恼。而鸳鸯是真恼，在她看来真是倒了八辈子血霉——被背晦的老色鬼看中。然而，在平儿、袭人的认知里，这事儿不能算是坏事——大老爷人是老了点儿，但没关系，权力在那儿，地位在那儿，身份在那儿。

虽然平儿心里大体清楚鸳鸯看不上贾赦，未必会同意，但鸳鸯感受到的侮辱和愤怒绝不是平儿、袭人能感同身受的。——假如她们能有一半感同身受，她们就能分享鸳鸯的价值观和婚恋观。这是人与人打小的差异，恐怕是从娘胎里带来的。

平儿对王熙凤说起鸳鸯，"平常我们背着人说起话来，听他那个主意，未必肯。也只说着瞧罢了"。——所谓"平常我们背着人说起话"，也就是丫鬟们小时候聚在一起聊对未来的期待，她们对未来的期待主要就是对郎君的期待。鸳鸯的心思与志气，平儿不是不知道，但平儿又加了一句，"也只说着瞧罢了"，表示平儿并不相信鸳鸯的理想会永远不变。平儿是个现实主义者，在意眼前的得失，假使鸳鸯放弃了小时候的婚恋观，平儿也完全理解——人大了，认清现实，放弃幻想，都是会变的嘛。

可鸳鸯恰恰没有变。于是她红着脸向平儿冷笑道：

"这是咱们好，比如袭人、琥珀、素云、紫鹃、彩霞、玉钏儿、麝月、翠墨，跟了史姑娘去的翠缕，死了的可人和金钏，去了的茜雪，连上你我，这十来个人，从小儿什么话儿不说？什么事儿不作？这如今因都大了，各自干各自的去了，然我心里仍是照旧，有话有事，并不瞒你们。这话我且放在你心里，且别和二奶奶说：别说大老爷要我做小老婆，就是太太这会子死了，他三媒六聘的娶我去作大老婆，我也不能去。"

为什么鸳鸯前面要罗列上袭人、琥珀这十来个人？连走了的、死了的人都列上？她是想说，我小时候说过的话，到走了、到死了，都作数。

就事论事，鸳鸯要说的是最后一句。但那一句无论如何没有办法一开始就说出口。一开始总还是含蓄委婉的、留有余地的，但说着说着激动了，也就管不了那些了。

鸳鸯的话里有一句重要而伤感："这如今因都大了，各自干各自的去了，然我心里仍是照旧。"——鸳鸯从平儿"新姨娘来了"的玩笑里明白，她和平儿到底不是一类人；虽然是最亲密的姐妹，可是并不能分享价值观，平儿甚至不能理解自己的价值观，所以才把自己小时候殷重祖露的誓言当成蒙昧无知的玩笑。她就感慨，"如今因都大了，各自干各自的去了"，藏着的一半意思是，你们大了之后想法就不一样了，我可是从来没变过。说到这里，不能不动情，于是赶出来后面那句："就是太太这会子死了，他三媒六聘的娶我去作大老婆，我也不能去。"——好的台词是要赶出来的，如果不赶，直接就出来，那就不对了。

曹雪芹的高明在于，这里情绪抵达高潮之后，并没有完结，而只是个开始。——这时，袭人来了。

袭人了解原委后，说了一句看似极公道实则极藏私的话："这话论理不该我们说：这个大老爷，真真太下作了。略平头正脸的，他就不能放手了。"

乍看起来，这话太公道了，能有什么藏私呢。但袭人，你去翻整部《红楼梦》，看看她有没有用"下作"形容过别人——袭人是不想在明面上得罪任何人的，哪怕对一个人反感，她也会藏着掖着，说话有所保留，而这时仅有的保留就剩"论理不该我们说"，随后就堂而皇之地骂贾赦"真真太下作了"。可见袭人的愤怒。——她是替鸳鸯愤怒吗？平儿尚且没有为鸳鸯愤怒，自私的袭人对鸳鸯的同情能超过平儿？

袭人和平儿一样，都是很愿意做姨娘的人。能做上姨娘，对她们来说，就是人生奋斗目标到头了。她们有相近的价值观，而在得知贾赦想要鸳鸯的消息后，平儿还跟鸳鸯开玩笑，一点儿都不恼，袭人为什么这么恼？

平儿的下一句话暗示了答案——

平儿对鸳鸯说："你既不愿意，我教你个法子。"鸳鸯道："什么法子？"平儿笑道："你只和老太太说，就说已经给了琏二爷了，大老爷就不好要了。"鸳鸯啐道："什么东西！你还说呢！前儿你主子不是这么混说的！谁知应到今儿了。"

王熙凤此前曾对鸳鸯开玩笑，说贾琏看上她了，要讨她当小老婆。实际上，当然没这事儿——贾琏真看上鸳鸯的话，王熙凤吃醋还来不及，玩笑就开不起来了。鸳鸯说的"前儿你主子不是这么混说"，指的就是这事儿。然而，从平儿上来就想到这个"点子"来看，我们也许能猜想，贾赦恐怕对平儿动过念头——虽然仅仅是念头而已。《红楼梦》里没有明写这一点，但这未必不符合逻辑。一是贾赦的品性，袭人骂他"略平头正脸的，他就不能放手了"，可见贾赦不能放手的女人绝对不是一个两个，而平儿作为贾赦儿媳王熙凤带来的丫鬟，贾赦恐怕不至于完全注意不到她。一旦贾赦注意到她，以平儿的长相和伶俐，恐怕贾赦就难以没有想法。但有想法归有想法，他什么也做不了，毕竟谁都知道，平儿是他儿子贾琏的人。因此，平儿在贾赦这个老色鬼的府上，才得以安全。所以平儿"教给"鸳鸯的法儿，实则是她自己的亲身经验。

能够做贾琏的小老婆而不是贾赦的，平儿深感庆幸。所以她才能笑着对鸳鸯提起这个办法。而这正是袭人愤怒的由来：在场的三个人，平儿、鸳鸯、自己，另外两个贾赦都动过歪心思，唯独对自己没有——原因也很简单，袭人没她俩长得好看。因此，袭人才忍不住骂，"略平头正脸的，他就不能放手了"。袭人有自知之明，知道自己算不上"平头正脸"。

袭人没有平儿、鸳鸯好看是事实。她虽然不愿意接受，但并没有怨恨平儿、鸳鸯的理由。只是，当色鬼贾赦用亲身行动来强调这一事实的时候，袭人不能不被迫面对，也就不能不愤怒。

袭人是个不甘心的人物，她虽然没有美貌，但凭着心机和藏拙俘获了王夫人的信任、宝玉的亲昵，此时已经成了准姨娘。想到这里，袭人又高兴起来，对鸳鸯笑道：

"他两个都不愿意。依我说，就和老太太说，叫老太太就说把你已经许了宝二爷了，大老爷也就死了心了。"

从这里可以看出，袭人对鸳鸯并不存在多少同情。看似出主意，实则是炫耀自己几乎到手的姨娘身份，况且是宝玉的姨娘：做宝玉的姨娘不要说比贾赦，就是比贾琏还要强得多呢！——袭人的提议是出于炫耀，而炫耀是出于愤怒后的报复。

于是，鸳鸯不能不更生气："你们自为都有了结果了，将来都是做姨娘的！据我看来，天底下的事，未必都那么遂心如意的。你们且收着些儿罢，别忒乐过了头儿！"

袭人的到来，让剧情在三人场景中又抵达高潮。这依然不是结束，曹雪芹又让第四个人物出现了：鸳鸯嫂子。平儿、袭人、鸳鸯嫂子，每一个人的出现，都不仅没能缓解鸳鸯的怒火，反倒让怒火更炽盛，这和来者是不是鸳鸯的朋友无关，只和来者能否与鸳鸯持相同的价值观有关。

鸳鸯嫂子来后，鸳鸯盛怒之下，不再藏着掖着，冷冷地问她"可是大太太和你说的那话"，她嫂子就笑了，"可是天大的喜事"，这让鸳鸯怒不可遏——照他嫂子脸上下死劲啐了一口，指着骂道："你快夹着屁嘴离了这里，好多着呢！"

如果之前没有见平儿、袭人，直接是鸳鸯嫂子找了她，鸳鸯还不至于这么怒不可遏。这是鸳鸯的价值观在屡屡遭到冲击后的报复性发泄。

我们可以从一个小细节——小到一个字——看出鸳鸯和她周围女性价值观的差别。这个字是"封"。

邢夫人最初找鸳鸯，是这么说的：

"你知道，你老爷跟前竟没有个可靠的人，心里再要买一个，又怕那些人牙子家出来的不干不净，也不知道毛病儿，买了来家，三日两日，又要俏鬼吊猴的。因满府里要挑一个家生女儿收了，又没个好的。不是模样儿不好，就是性子不好，有了这个好处，没了那个好处。因此冷眼选了半年，这些女孩子里头，就只你是个尖儿……你比不得外头新买的，你这一进去了，进门就开了脸，就封你姨娘，又体面，又尊贵。你又是个要强的人，俗语说的'金子终得金子换'，谁知竟被老爷看中了你。如今这一来，你可遂了素日志大心高的愿了，也堵一堵那些嫌你的人的嘴。跟了我回老太太去！"

最有意思的两句是，"谁知竟被老爷看中了"，"如今这一来，你可遂了素日志大心高的愿了"——被一个老色鬼看中，对鸳鸯来说是极其恶心的，而邢夫人觉得这是无上的荣光。所以她说，"进门就开了脸"，"就封你姨娘"，用的是"封"——封侯的封。

鸳鸯骂她嫂子，"怪道成日家羡慕人家的女儿作了小老婆，一家子都仗着他横行霸道的，一家子都成了小老婆了"，鸳鸯嫂子脸上挂不住，但她有市侩的智慧，很懂得怎样掉转矛头，把火往平儿、袭人身上引："当着矮人，别说短话。姑奶奶骂我，我不敢还言；这二位姑娘并没惹着你，小老婆长，小老婆短，人家脸上怎么过得去？"

话一出口，鸳鸯还没来得及接，平儿、袭人就坐不住了："你听见那位太太、太爷们封了我们做小老婆？"

谈及纳妾，平儿、袭人用的字眼儿，和邢夫人如出一辙：封。不是"纳"，不是"娶"，不是"要"，而是"封"。

鸳鸯在谈到同样行为的时候，用遍了其他字，就是从来没有用过"封"：

——别说大老爷要我做小老婆，就是太太这会子死了，他三媒六聘的娶我去作大老婆，我也不能去。

——你们自为都有了结果了，将来都是做姨娘的！

——怪道成日家羡慕人家的女儿作了小老婆，一家子都仗着他横行霸道的，一家子都成了小老婆了！

——他横竖还有三年的孝呢，没个娘才死了他先放小老婆的！

鸳鸯说过"作小老婆""娶大老婆""成小老婆""放小老婆"，就是没说过"封小老婆"。——这里的用字，体现人物的认知。没有那种认知，就没有那种表达。

不过，难道鸳鸯的字典里就没有"封"字吗？不是，鸳鸯也用过"封"：

"——我若得脸呢，你们在外头横行霸道，自己就封自己是舅爷了。"

鸳鸯用"封"，是在骂人：什么狗屁权力，真当自己是个人物了？

而平儿袭人说"封小老婆"，是严肃的，尽管不承认自己是小老婆，但仍然用"封"来表示小老婆在她们心目中的地位。

这正是平儿、袭人永远无法理解鸳鸯的地方。

贾母：威权的丧失

《红楼梦》第二十五回，王子腾夫人寿诞，差人来请贾母、王夫人；贾母没去，王夫人也就不去了。那一回，宝玉、凤姐被马道婆魔魔法，差点死掉。赵姨娘说："哥儿已是不中用了，不如把哥儿的衣服穿好，让他早些回去，也免些苦……"没说完，被贾母照脸啐了一口唾沫，骂道：

"烂了舌头的混帐老婆，谁叫你来多嘴多舌的！你怎么知道他在那世里受罪不安生？怎么见得不中用了？你愿他死了，有什么好处？你别做梦！他死了，我只和你们要命。素日都不是你们调唆着逼他写字念书，把胆子唬破了，见了他老子不像个避猫鼠儿？都不是你们这起淫妇调唆的！这会子逼死了，你们遂了心，我饶那一个！"一面骂，一面哭。……贾母听了，如火上浇油一般，便骂："是谁做了棺椁？"一叠声只叫把做棺材的拉来打死。

第三十三回，宝玉挨了打，贾母骂贾政，又对王夫人说：

"你也不必哭了。如今宝玉年纪小，你疼他，他将来长大成人，为官作宰的，也未必想着你是他母亲了。你如今倒不要疼他，只怕将来还少生一口气呢。"

贾政听说，忙叩头哭道："母亲如此说，贾政无立足之地。"贾母冷笑道："你分明使我无立足之地，你反说起你来！只是我们回去了，你心里干净，看有谁来许你打。"一面说，一面只令快打点行李车轿回去。贾政苦苦叩求认罪。

这两处，都可以明显看出来贾母是当家的，在这个家里是说了算的。但仔细去品，也略有不同。第一次，她是直接否决了贾政的安排——做棺材是贾政的吩咐。而第二次，她是通过假意提出要走，要回南京，来表示她对贾政的不满。这就看出来她的地位已经比先前弱一些了。

第四十二回，刘姥姥来贾府，贾母在大观园逛了一天，次日身体欠安。大夫来看，老妈妈请贾母进幔子去坐。贾母道：

"我也老了，那里养不出那阿物儿来，还怕他不成！不要放幔子，就这样瞧罢。"

"那里"，是子宫。"那里养不出那阿物儿来"，意思是：他还能把我看怀孕了？

医生来给女眷看病，按照通常的礼节，要用幔子遮挡。

贾母有意不这样，只是因为年纪大吗？

刘姥姥可是比贾母还大几岁的。第一次进贾府，正和王熙凤说话，贾蓉忽然进来了。刘姥姥此时坐不是，立不是，藏没处藏。凤姐笑道："你只管坐着，这是我侄儿。"刘姥姥方扭扭捏捏在炕沿上坐了。

刘姥姥是万万不敢说"我也老了，还怕他不成"的。但凤姐可以让她坐。虽然凤姐年轻。

贾雨村见门子，让门子坐，门子不敢，贾雨村命他坐，他才斜签着坐了。北静王见完宝玉，贾赦、贾政请他回舆，北静王执意让殡车先过，贾赦等只能服从，又命手下掩乐停音。

规矩是人定的。确切地说，是有威权的人定的。

在适当的范围内，对规矩做一些破坏，恰恰不是因为不懂规矩，而是威权的体现。说白了，规矩是给一般人定的。一个人只要足够有威权，规矩在他这儿就可以变通。

元妃来省亲、南安太妃来贾府，贾母都不能这么随意。但平常，是可以随意的。这体现了贾母的威权。宝玉经过贾政的书房，哪怕贾政不在，书房锁着，宝玉还得下马。但对贾母来说，很多礼，可以不必拘。

第四十四回，王熙凤生日，贾母索性连席也不坐，在里间屋里榻上歪着，将自己的两桌席面赏给没有席面的大小丫头并应差听差的妇人，让她们只管坐着随意吃喝；王夫人和邢夫人在地下高桌上坐着，贾母再三吩咐尤氏，"让凤丫头坐在上面"。

这还是威权的体现。

第四十六回，贾赦想要鸳鸯，鸳鸯跑到贾母面前剪发明志，贾母听了，气得浑身乱战，正好王夫人在旁，就把她痛骂了一顿，道："你们原来都是哄我的！外头孝敬，暗地里盘算我。有好东西也来要，有好人也来要，剩了这么个毛丫头，见我待他好了，你们自然气不过，弄开了他，好摆弄我！"王夫人忙站起来，不敢还一言。王夫人是冤枉的，但不敢辩白。薛姨妈、李纨、宝玉都在，也都不敢解释，还是探春站出来，替王夫人说了话。

这时候，事情就稍微起变化了。虽然一家上下都还尊重贾母，但那种尊重已经开始流于表面了——背地里有很多事情，已经不再让贾母知道。贾母这次发脾气，虽然是由鸳鸯的事情引起，但绝不仅仅是为鸳鸯这一件事。贾母也隐隐约约感觉到自己在被"暗地里盘算"。她的威权，在进一步丧失。

第五十四回，过正月半，见宝玉身边没有袭人，贾母就说，袭人如今也有些拿大了，王夫人忙起身笑回，说袭人妈前日没了，有热孝，不便前头来。贾母听了点头，又笑道：

"跟主子却讲不起这孝与不孝。若是他还跟我，难道这会子也不在这里不成？"

凤姐赶紧解释，说要留袭人照看园子，"老祖宗要叫他，我叫他来就是了"。贾母止住，说自己倒没想这么周到，又问："但只他妈几时没了，我怎么不知道。"凤姐笑道："前儿袭人去亲自回老太太的，怎么倒忘了。"贾母想了一想，笑说："想起来了，我的记性竟平常了。"

男客走后，贾母让堂客和孩子挪到暖阁地炕上，不必拘礼，听自己安排座次，她让宝琴、黛玉、湘云紧挨着自己坐下，让宝玉挨着王夫人坐。

这是一个重大转折：王熙凤开始公然欺骗贾母。"不必拘礼"的安排，是贾母一贯的做派——她仍然保持着从前的习惯，但王熙凤对她的算计，已经近乎明目张胆了。

第五十七回，宝玉因为紫鹃的话，急痛迷心，大夫来了，王夫人、薛姨妈、宝钗都到里间回避，贾母连动都没动。王大夫把完脉，说：

"世兄这症乃是急痛迷心。古人曾云：'痰迷有别。有气血亏柔，饮食不能熔化痰迷者；有怒恼中痰裹而迷者；有急痛壅塞者。'……"

贾母道："你只说怕不怕，谁同你背药书呢。"

王太医忙躬身笑说："不妨，不妨。"贾母道："果真不妨？"

王太医道："实在不妨，都在晚生身上。"贾母道："既如此，请到外面坐，开药方。若吃好了，我另外预备好谢礼，叫他亲自捧了送去磕头；若耽误了，打发人去拆了太医院大堂。"

《红楼梦》能把贾母写得如此生动，就在很多类似的地方。一般来说，请大夫来看病，是要尊重大夫的，而贾母的不客气，并不是要体现贾母对太医不尊重，而是要体现贾母的威权。只有贾母这样没有文化却有威权的老人，才能说出"拆了太医院大堂"的话。这话听起来当然很硬气，但也只能是嘴上说说。在被王熙凤公然欺骗后，还能说出如此硬气的话——这是文学创作的技巧，显得好像贾母的威权并没有陡然滑落。让暗中的权力变迁显得更平缓一些。

第五十八回，也是个重要转折——老太妃死了。贾母、邢、王、尤、许婆媳祖孙等，每日入朝随祭，后来又去送灵，要一月方回。

送灵期间，贾敬服食金丹，死了。贾母回来后，禁不住风霜伤感，夜间头闷身酸，鼻塞声重。等到给贾敬送殡时，贾母犹未大愈。

很快，贾琏偷娶，王熙凤得知消息，趁着贾琏去平安州，把尤二姐赚进大观园，贾母始终被瞒着。尤二姐搬进大观园，大观园的姐妹和上下仆从都知道了，贾母身边的丫头，鸳鸯琥珀她们，自然也知道了。但没有一个人去告诉贾母。——这就在事实上说明，贾母已经形同摆设。这和第五十七回是相连的两回，对比"打发人去拆了太医院大堂"的说法，也并不显得特别突兀。因为贾母威权的丧失，实际上在早前就埋下了。只不过通过这一场"风霜伤感"后的病才显露出来。

王熙凤唆使张华把贾府和贾琏告到都察院，又跑去宁国府大闹，闹得天翻地覆，贾母依然不知道。

直到王熙凤要利用贾母了，才带着尤二姐去见贾母，指着早就认识的众姐妹，向尤二姐介绍，尤二姐只好"一一又从新故意的问过"。这一切，大家都明白，只是瞒着贾母一人而已。这是第六十九回。

——这和第五十四回王熙凤欺骗贾母形成了呼应。两次都是当众欺骗，不同的是，第五十四回那次是没有预谋的，是正好被贾母问起来，不得不回答，随口撒了个谎，而这一回，王熙凤不单是自己欺骗贾母，还把众姐妹拉进来，等于让所有人配合她再欺骗一回贾母。这不啻一场公然的指鹿为马，那么从今往后，贾母就不可能再有任何真正的威权了。于是，在紧跟着的一回，就出现了前所未有的事情：

第七十回，贾政快要回家了，宝玉早上起来，梳洗了，在窗下研墨，恭楷临帖。贾母迟迟等不来宝玉，以为他病了，让人去问，才知道没病，只是补习功课而已。宝玉方才去向贾母请安。

这是非常悲凉的一幕。贾母最疼爱的孙子宝玉，第一次不再主动向她请安。——不请安，并不是因为别的什么事。表面上看，是因为补习功课，但补习功课其实并不是理由，只是事后的借口而已。实际上是贾宝玉不想去了。为什么不想去？因为在前一回，王熙凤和众姐妹合谋欺骗了贾母，这就让大观园上上下下所有人都明白：贾母实际上已经是个废人了。

但是贾母糊涂吗？她还不算太糊涂，她还没有忘记宝玉应该来给她请安，实在等不来，还派人去问宝玉是不是病了。——这个设计非常好。宝玉已经不怎么关心贾母了，贾母还在关心宝玉。

见了贾母，宝玉解释说，因为写字，出来迟了。——"迟了"的借口很好，因为迟到是不可能迟这么久的。假如贾母不问，宝玉自然就不来了。

贾母听了，便十分欢喜，就吩咐他："以后只管写字念书，不用出来也使得。你去回你太太知道。"宝玉听说，便往王夫人房中来说明。

"十分欢喜"，也写得非常悲凉。高明的作家懂得用欢喜来显出悲凉。贾母的欢喜，不是因为宝玉来请安，是因为一个早上都在担心，担心宝玉生病——除此之外，贾母再也想不到宝玉还能因为别的原因不来；现在竟然发现宝玉没病，贾母十分欢喜。

但欢喜之余，贾母也隐隐觉得，自己年纪大了，再让宝玉像以前那样每天请安，似乎是不太现实了。如果提前五十回，放在第二十回左右，贾母一定会让宝玉不要写那么多字、做那么多功课，别累坏了。——这一点也可以和第二十五回形成呼应，当时宝玉被魔，贾母说是贾政逼他学习把他吓的，现在，贾母没法再那么说了。贾母索性就此免了宝玉每天请安的旧例。我们注意，贾母说的是："以后只管写字念书，不用出来也使得。你去回你太太知道。"

——表达很妥帖。她说"不用出来也使得"，"也使得"三个字，就表示，她其实还是想每天见到宝玉的，还是希望看到宝玉来的。老人家在自己慢慢衰老、不太能做什么，只能每天花很多时间歪在床上挨过日复一日的枯燥生活时，如果能看见小辈，心里是很高兴的。但她自然明白自己的期望会成为小辈的负担，所以说"不用出来也使得"。让宝玉回王夫人知道，就表示，不是一天两天暂时不来也使得，而是从今往后，这个规矩就改了。

从前，宝玉每日请安是常例，不请安是特殊情况；从今往后，反过来了。——这是贾母又一次改规矩。表面上看，规矩是贾母改的，实际上，是贾母不得不改的。孩子只要长大，总会有这一天——贾赦不也是逢年过节才来问安吗？宝玉早晚要这样的。

宝玉听贾母这么说，一点也没有坚持，随即回了王夫人。

很快，是贾母八旬之庆。虽然是贾母生日，实际上是做给别人看的。生日是八月初三，再过半月，就是中秋节了。

第七十二回，贾琏缺银子，让鸳鸯"暂且把老太太查不着的金银家伙，偷着运出一箱子来，暂押千数两银子，支腾过去"。

第七十五回，中秋节前，各房孝敬贾母的几色菜都捧来了，宝琴和贾母住在一处，所以同吃，贾母把探春也喊来同吃。自己倒没怎么吃，说"有稀饭吃些罢了"。吃了半碗，吩咐人把粥给凤姐送去；又指着一碗笋和一盘风腌果子狸，让人送给黛玉、宝玉；又让人把一碗肉送给贾兰；还笑着让鸳鸯琥珀来趁势也吃些。

以前，贾母想孩子们，就命人把他们都叫来。现在，贾母想孩子们，就命人把好菜给他们送过去——知道人家未必愿意来。

菜散下去，贾母笑道："看着多多的人吃饭，最有趣的。"

说的是"多多的人"，可实际上，宝玉、黛玉、凤姐等都不在。

这时，见伺候添饭的人捧着一碗下人的米饭，尤氏吃的仍是白粳米饭，贾母问道：

"你怎么昏了，盛这个饭来给你奶奶？"那人道："老太太的饭完了。今日添了一位姑娘，所以短了些。"鸳鸯道："如今都是可着头做帽子了，要一点儿富馀也不能的。"王夫人忙回道："这一二年旱涝不定，田上的米都不能按数交的。这几样细米更艰难了，所以都可着吃的多少关去，生恐一时短了，买的不顺口。"

因为多添了探春，连好米都不够了。还怎么请宝玉、黛玉来吃呢。

放在从前，贾母是必定要说些什么的，可这时候 ——

贾母笑道："这正是'巧媳妇做不出没米的粥'来。"

贾母没有再发脾气了。她的脾气随着威权一起消失了。

然后就是中秋了。全家人总算可以聚在一起，贾政也回来了。席上，贾政讲了个怕老婆的笑话，逗得贾母笑，喝了些酒。贾赦讲了个孝顺儿子请婆子给偏心母亲扎针的笑话，众人都笑起来，贾母也只得吃半杯酒，半日笑道："我也得这个婆子针一针就好了。"

"半日"和"笑道"是关键。——贾赦的笑话，让贾母非常难堪。正因为难堪，贾母听了笑话要停了"半日"才笑。贾母再一次没有发脾气。

　　贾赦、贾政带着贾珍等人辞去时，宝玉也跟着走了——以前宝玉是要先留下的。贾赦回去路上被石头绊了脚，贾母忙命两个婆子快看去，又命邢夫人快去——贾母并没有记恨贾赦笑话里的讽刺。

　　邢夫人走了，贾母又催尤氏回去，说自己要睡了——实际上贾母是最喜欢热闹的。尤氏知道贾母不想散，就说不回去了，要和老祖宗吃一夜。贾母说："使不得，使不得。你们小夫妻家，今夜不要团圆团圆，如何为我耽搁了！"尤氏红了脸，说孝服未满，还是坐了下来。

　　夜深了，鸳鸯拿来软巾兜与大斗篷，劝贾母该歇了，贾母道："偏今儿高兴，你又来催。难道我醉了不成，偏到天亮！"

　　听着笛声悲怨，又喝了些酒，贾母禁不住堕下泪来，众人也有凄凉寂寞之意。贾母的伤感，过了半日，众人方知，于是转身赔笑，让笛子停了。

　　尤氏说，学了一个笑话，说给老太太解闷。贾母笑着让她说。没说完，贾母已双眼蒙眬，似有睡去之态。尤氏、王夫人把她叫醒，贾母睁眼笑道："我不困，白闭闭眼养神。你们只管说，我听着呢。"

　　王夫人说，姊妹们熬不过，都睡去了。贾母细看了一看，果然都散了，只剩探春在——探春的有情有义，也在这个细节里体现了。就连黛玉、湘云，也都没和她打招呼就下山了。

这是第七十六回。

很快，王夫人赶走了晴雯，把芳官、藕官、蕊官打发给拐人的尼姑。这些，都没有问过贾母。

一切处理完毕，王夫人去见贾母，说晴雯又淘又懒，还得了女儿痨，"所以我就赶着叫他下去了。若养好了也不用叫他进来，就赏他家配人去也罢了。再那几个学戏的女孩子，我也作主放出去了"。

贾母听了，点头道："这倒是正理，我也正想着如此呢。但晴雯那丫头我看他甚好，怎么就这样起来。我的意思，这些丫头的模样爽利言谈针线多不及他，将来只他还可以给宝玉使唤得。谁知变了。"

王夫人笑道："老太太挑中的人原不错。只是他命里没造化，所以得了这个病。俗语又说'女大十八变'。况且有了本事的人，未免就有些调歪。……所以直到今日才回明老太太。"

贾母听了，笑道："原来这样，如此更好了。……既是你深知，岂有大错误的。"

此时，距贾母"一叠声只叫把做棺材的拉来打死"，两年；距"若耽误了，打发人去拆了太医院大堂"，一年而已。

袭人：大观园的乡愿

《红楼梦》第六十七回，袭人趁宝玉不在，去探望生病的王熙凤。

这看起来是小事，但也流露出特殊的意味。晴雯会不会专程去探望王熙凤呢？不会。麝月也不会。贾母的大丫头鸳鸯，恐怕也不会。

袭人就会。袭人"会做人"。

袭人探望王熙凤，要趁宝玉不在怡红院时，否则会显得失职。还要趁贾琏出门，这样才方便和凤姐"说说话儿"。袭人临走前，吩咐晴雯："好生在屋里，别都出去了，叫宝玉回来抓不着人。"晴雯反讽了她一句。

袭人走到沁芳桥畔，看见赶蜜蜂儿的老祝妈，教了老祝妈一个巧儿法。老祝妈要摘个果子请袭人尝尝。袭人正色道："这那里使得。不但没熟吃不得，就是熟了，上头还没有供鲜，咱们倒先吃了。你是府里使老了的，难道连这个规矩都不懂了。"

吃个果子没啥，但袭人一摆谱儿，就俨然是姨娘身份了。

没人吩咐，袭人私自去瞧王熙凤，也体现出她和别的丫头不同。不过，这也不算越礼——之前，袭人母亲死，王熙凤特别优待，安排周瑞家的"叫他穿几件颜色好衣裳，大大的包一包袱衣裳拿着，包袱也要好好的，手炉也要拿好的。临走时，叫他先来我瞧瞧"。

袭人来了，头上戴着几支金钗珠钏，身上穿着桃红百子刻丝银鼠袄子，葱绿盘金彩绣绵裙，外面穿着青缎灰鼠褂，这三样衣服都是王夫人以前穿的。凤姐犹嫌不足，又命平儿拿出一件石青刻丝八团天马皮褂子，给了袭人。又找一个玉色绸里的哆罗呢包袱，包上一件雪褂子。袭人看了说："一件就当不起了。"

女人对好衣服是有天生的喜爱的。不仅是穿着舒服，更重要的，是通过穿戴来体现自己的身份和地位。

平儿让袭人要一件猩猩毡的，把羽纱的给邢岫烟。

邢岫烟很穷。芦雪广联诗，其他人都穿得光彩照人，只有岫烟"仍是家常旧衣，并无避雪之衣"。王熙凤见了，也没想着给她一件衣服。平儿趁这时候给岫烟衣服，也有个特殊的缘故——不久前，平儿的虾须镯丢了，这会儿还没找到，她有点怀疑是岫烟的丫头偷的。

王熙凤见平儿要给岫烟衣裳，笑道："我的东西，他私自就要给人。我一个还花不够，再添上你提着，更好了！"

可见，王熙凤对穷人并没有怜悯之心。她这样大方地待袭人，不是施舍，而是"投资"。王熙凤看准袭人将来是要做姨娘的，在做姨娘之前投资她，等于是培植了自己的关系和势力。她和袭人将来是要互相依靠的。

袭人虽然一开始就有贤善的名声，但地位的重大转折，是从宝玉挨打那天开始的。

那天晚上，过了掌灯时分，周瑞媳妇、吴新登媳妇、郑好时媳妇都来请安。袭人陪她们吃了会儿茶，送走了。这时，王夫人让婆子来，叫一个跟宝玉的人过去。

王夫人并没打算叫袭人，袭人自告奋勇留下其他人看屋，自己去了。

王夫人这么晚叫人，并不像她说的，"也没甚话，白问问他这会子疼的怎么样"。但真正的目的，在袭人要走的时候"图穷匕见"——

"站着，我想起一句话来问你。"袭人忙又回来。王夫人见房内无人，便问道："我恍惚听见宝玉今儿挨打，是环儿在老爷跟前说了什么话。你可听见这个了？你要听见，告诉我听听，我也不吵出来教人知道是你说的。"

王夫人叫宝玉的人来，命令了丫头回避。说话中间，她要玫瑰露，是"唤彩云来"的。彩云也知趣，"去了半日"才把玫瑰露、木樨露拿来，之后又立刻回避了。

因此，王夫人绝不是"没什么话"。她提到贾环告状的事，袭人马上说：

"我倒没听见这话，只听说为二爷霸占着戏子，人家来和老爷要，为这个打的。"王夫人摇头说道："也为这个，还有别的原故。"袭人道："别的原故实在不知道了……"

袭人当然知道。她先前问了焙茗（一般认为即茗烟），还告诉宝玉、宝钗，挨打是因为琪官、金钏。为什么王夫人问起，她却装不知道呢？

因为王夫人这次叫人的目的，就是想了解，金钏跳井的内情，在贾府上下被传播到哪里、传成什么样子了。

这件事，是王夫人的重大过失。直接影响她在贾政、贾母心中和贾府上下的形象。她希望知道的人越少越好。

贾环告状时，对贾政说："父亲不用生气。此事除太太房里的人，别人一点也不知道。"

可见，王夫人对房里的人下了命令，不要外传。

金钏尸首刚打捞上来时，有个婆子跑到怡红院说："前儿不知为什么撵他出去，在家里哭天哭地的，也都不理会他，谁知找他不见了……"

金钏被逐，是两天前，直到此时，一般的婆子还不了解金钏被逐的原因。当时，王夫人打金钏嘴巴后，指着骂道："下作小娼妇！好好的爷们，都叫你们教坏了。"宝玉溜了，众丫头进来了。

王夫人不会向丫头们解释发生了什么。但一定命令丫头们不要外传。但是，丫头中间有个彩云，她私下一定会告诉赵姨娘。不过，彩云也不知道金钏挨骂前发生的事。赵姨娘自然会去猜，以为是宝玉要和金钏在王夫人房中发生性关系。所以，等贾环传到贾政耳朵里，就变成了"强奸不遂"。

流言，只是因为王夫人从来没有对外讲过宝玉和金钏当时到底做了什么。以至于，等宝玉挨打后，消息扩散出去，就变成了宝玉"淫辱母婢"。真相如果不能及时公开澄清，谣言就会满天飞。

金钏尸首刚发现时，婆子到怡红院告诉了宝钗和袭人。宝钗赶紧去看王夫人。王夫人正在哭。见宝钗来，先问她从哪里来。宝钗说，从园里来。又问她见到宝玉没，宝钗说宝玉出去了。王夫人点头哭道："你可知道一桩奇事？金钏儿忽然投井死了！"

这时，如果宝钗如实承认，刚听到婆子说了，王夫人接下来的话就会不一样。但宝钗很机灵，说："怎么好好的投井？这也奇了。"

显得像是听王夫人说了她才知道似的。于是，王夫人说：

"原是前儿他把我一件东西弄坏了，我一时生气，打了他几下，撵了他下去。我只说气他两天，还叫他上来，谁知他这么气性大，就投井死了。岂不是我的罪过。"

宝钗叹道："姨娘是慈善人，固然这么想。据我看来，他并不是赌气投井。多半他下去住着，或是在井跟前憨顽，失了脚掉下去的。他在上头拘束惯了，这一出去，自然要到各处去顽顽逛逛，岂有这样大气的理！纵然有这样大气，也不过是个糊涂人，也不为可惜。"

宝钗这番话，给王夫人造成了极大误导。——王夫人遂以为别人真的会相信金钏是弄坏了东西被逐。那样，自己的过失就不会显得很重。

宝钗也就顺着她的话，装成相信她的样子。当时，宝玉还没挨打。等宝玉挨了打，情势自然不一样了。王夫人看完宝玉伤势回去后，慢慢又担心起来，因此，等已经掌灯很久了，她还要找个怡红院的丫头来问问——主要是想了解贾府上下的舆论情况。名义上，当然是了解宝玉的伤势，但伤势怎么可能在这么短的时间里有变化。

所以，袭人听到王夫人叫，"想了一想"，决定自己去。

她知道不是问伤势，如果问伤势，打发个婆子来问了去回就完了，不用巴巴叫人过去。袭人也知道金钏今天跳井了，她清楚王夫人的惧怕，于是她去了。

去了之后，袭人和宝钗一样，再次严重误导了王夫人——明明知道宝玉挨打和金钏的联系，却装作不曾听说。

王夫人不太聪明，被她瞒住了。

袭人道："……我今儿在太太跟前大胆说句不知好歹的话，论理……"说了半截忙又咽住。王夫人道："你只管说。"袭人笑道："太太别生气，我就说了。"王夫人道："我有什么生气的，你只管说来。"袭人道："论理，我们二爷也须得老爷教训两顿。若老爷再不管，将来不知做出什么事来呢……"

明明想说的话，说了半截忙又咽住，是需要很高技巧的。晴雯断学不会。晴雯天生不是这样的人，就像鸳鸯天生不是给人家当小老婆的人。

王夫人一闻此言，便合掌念声"阿弥陀佛"，由不得赶着袭人叫了一声，"我的儿，亏了你也明白，这话和我的心一样……"

不久后，王夫人含泪对薛姨妈、凤姐说："你们那里知道袭人那孩子的好处？比我的宝玉强十倍！……"

王夫人之所以这么激动，这么欣赏袭人，是因为她根本不知道消息早就扩散了，而且扩散的版本比事实本身还要恶劣得多——她直到此时都以为，宝玉和金钏的事是个秘密，只有身边几个丫头知道，以为外面的人都觉得金钏是弄坏了东西才跳井的。

像宝玉"也须得老爷教训两顿"的见解，被袭人说出，王夫人深深赞叹袭人的贤明和远见，殊不知大观园里，多半婆子早已把宝玉看作"淫辱母婢"者了。

真正的舆情，王夫人一无所知。恰恰因为一无所知，才会从与袭人的问答中得到"外面大体平安无事"的假象，因为这假象而稍稍放心，并倍加信任隐瞒了真相的人。

而袭人正好借这机会，攻击王夫人的软肋，悄悄提出王夫人最害怕的事情：

"我也没什么别的说。我只想着讨太太一个示下，怎么变个法儿，以后竟还教二爷搬出园外来住就好了。"

王夫人听了，吃一大惊，忙拉了袭人的手问道："宝玉难道和谁作怪了不成？"

"作怪"这个词用得很好，体现曹雪芹作为语言大师的水准。这里的"作怪"，实际上就是"发生性关系"。王夫人、袭人，这一个中年女人和一个年轻姑娘，都在谈论宝玉的男女关系的问题。但王夫人无论如何也想不到，大观园里，唯一和宝玉发生过关系的，正是面前这个看起来最惩厚老实的家伙。——她做了这事儿，怎么还有脸说呢？但这，就是袭人。恰恰因为她主动提了，王夫人就算怀疑了一圈，再也怀疑不到她头上，她就是安全的。实际上，这也是袭人铤而走险的一步。因为她和宝玉的关系，既然晴雯、麝月知道，就不能完全排除传出去的风险。但袭人吃准了两点，或者说宁愿赌一把：第一，纵然下面有人知道，也是传不到王夫人耳朵里的；第二，从今往后，袭人会刻意与宝玉保持距离，如果有关于宝玉这方面的传言，王夫人恐怕也会率先怀疑别人。——我们注意到，一开始，是袭人睡在宝玉屋里的，但后来，袭人就主动搬出去，让晴雯睡在了宝玉屋里。

> 袭人连忙回道："太太别多心，并没有这话。这不过是我的小见识。如今二爷也大了，里头姑娘们也大了，况且林姑娘宝姑娘又是两姨姑表姊妹，虽说是姊妹们，到底是男女之分，日夜一处起坐不方便，由不得叫人悬心，便是外人看着也不像。一家子的事，俗语说的'没事常思有事'……"

这，就彻底赢得了王夫人的信任与好感。

面对平庸之辈，想赢得其好感，最简单的办法，莫过于蒙蔽她，欺瞒她——不让她看见真实，只让她看见自己想看见的，至于她深深恐惧的东西，尽管别人早已看见，也给她营造出别人并不知晓，只有自己在竭力帮她维护和预防的样子。

像邹忌那种，能说出"吾妻之美我者，私我也；妾之美

我者，畏我也；客之美我者，欲有求于我也"，需要多么大
的自知之明！

晴雯对袭人和宝玉的事情心里是有点微词的，以致几番
含蓄地讥讽过。但她并没有私下透露出去。第七十二回，赵
姨娘对贾政说："宝玉已有了二年了，老爷还不知道？"其
实，算起来，宝玉和袭人的事，已经有七八年了。而众人都
是从金钏这一年开始，才怀疑宝玉有了。甚至很多人怀疑宝
玉是和晴雯。这恰恰证明，晴雯为袭人保密得很好。

袭人说话不多，但心里很有算计。

袭人头一次回家，听说母兄要赎她回去，说至死也不回
去，哭闹了好一阵。等回到贾府，却偏偏吓唬宝玉，说"如
今我要回去了"。又说："这话奇了！我又比不得是你这里的
家生子儿，一家子都在别处，独我一个人在这里，怎么是个
了局？"——这里的"家生子儿"，可以是泛指，也可以是
说晴雯。

宝玉道："我不叫你去也难。"袭人道："从来没这道理。便
是朝廷宫里，也有个定例，或几年一选，几年一入，也没有个长
远留下人的理，别说你了！"

等袭人得宠后，有次，王夫人特意打发人送了两碗菜。
袭人明知道缘故，却在宝玉面前说，"今儿奇怪""这可是奇
了""从来没有的事，倒叫我不好意思的"。连宝钗都有点看

不下袭人的装腔，抿嘴一笑："这就不好意思了？明儿还有比这个更叫你不好意思的呢。"

袭人还不是姨娘，但人家渐渐都把她当姨娘看了。鸳鸯嫂子劝鸳鸯给贾赦做妾，鸳鸯拒绝，说："怪道成日家羡慕人家的女儿作了小老婆，一家子都仗着他横行霸道的，一家子都成了小老婆了！"袭人和平儿在，鸳鸯嫂子脸上下不来，因说道："当着矮人，别说短话。姑奶奶骂我，我不敢还言；这二位姑娘并没惹着你，小老婆长，小老婆短，人家脸上怎么过得去？"

袭人母亲死，凤姐派了两个媳妇、两个小丫头，还有四个有年纪跟车的，要了一大一小两辆车去。——这时，虽然还没正式"开脸"，却已经享受姨娘待遇了。后来，赵姨娘向探春抱怨："我这屋里熬油似的熬了这么大年纪，又有你和你兄弟，这会子连袭人都不如了，我还有什么脸！"

袭人回来后，元宵那晚，贾母不经意说了一句："袭人怎么不见？他如今也有些拿大了，单支使小女孩子出来。"王夫人和凤姐忙打圆场。贾母的话，看似不经意，却有道理——袭人如今确实拿大了。

而袭人的行事作风，倒比以前还滴水不漏。

第五十八回，芳官干娘打芳官，芳官哭了——

宝玉便走出，袭人忙劝："作什么？我去说他。"晴雯忙先过来，指他干娘说道："你老人家太不省事。你不给他洗头的东西，我们饶给他东西，你不自臊，还有脸打他。他要还在学里学艺，你也敢打他不成！"那婆子便说："一日叫娘，终身是母。他排场我，我就打得！"袭人唤麝月道："我不会和人拌嘴，晴雯性太急，你快过去震吓他两句。"

值得注意的是，袭人拦住了宝玉。宝玉如果护着，芳官干娘自然无话可说。袭人偏偏不让宝玉去，说自己去说她，自己却不去，等晴雯和婆子吵起来，倒让麝月去。

假如是宝玉站出来，婆子不会恨那几个丫头。现在，婆子不会恨袭人，但会恨晴雯、麝月。婆子虽然地位低下，但有时候也很中用，她们影响着贾府的舆论。——她们未必能了解事实，但常常可能制造和传播一些假象和谣言。

第六十三回，寿怡红群芳开夜宴，芳官喝醉了，袭人"就将芳官扶在宝玉之侧，由他睡了。自己却在对面榻上倒下"。第二天早上，宝玉推芳官起身，袭人说芳官："不害羞，你吃醉了，怎么也不拣地方儿乱挺下了。"而刘姥姥睡宝玉床时，袭人不管她睡得多死，赶紧打起来了，而且没让别人知道。

袭人、晴雯、金钏、鸳鸯，起初地位都差不多。后来，晴雯、金钏都被赶走，又很快死去。鸳鸯只能倚赖贾母。而袭人顺风顺水，越发体面和受重视。

晴雯把怡红院的大丫头几乎得罪完了。袭人不小心用"我们"说自己和宝玉，晴雯冷笑几声道："我倒不知道你们是谁，别教我替你们害臊了！便是你们鬼鬼祟祟干的那事儿，也瞒不过我去，那里就称起'我们'来了！明公正道，连个姑娘还没挣上去呢，也不过和我似的，那里就称上'我们'了！"

晴雯撕过麝月的扇子，还嘲笑麝月和宝玉："交杯盏还没吃，倒上头了！"

晴雯为联珠瓶的事情，吓唬过秋纹，还嘲笑她："呸！没见世面的小蹄子！那是把好的给了人，挑剩下的才给你，你还充有脸呢！"

晴雯还和碧痕拌嘴，由此把气移在宝钗身上，无意间让黛玉吃了闭门羹。碧痕打发宝玉洗澡的事，过去了一些天还被晴雯提起："还记得碧痕打发你洗澡，足有两三个时辰，也不知道作什么呢！我们也不好进去的。后来洗完了，进去瞧瞧，地下的水淹着床腿，连席子上都汪着水，也不知是怎么洗了，叫人笑了几天。"

芳官被干妈打，晴雯替她出头，下面的婆子，也得罪了不少。

而金钏当着众丫头的面，在贾政、王夫人、赵姨娘都在房间的时候，门口拉住宝玉，悄悄地笑道："我这嘴上是才擦的香浸胭脂，你这会子可吃不吃了？"

以晴雯、金钏的个性，在大观园是很难有好结局的。虽然人好，但在小节上太不注意了。

鸳鸯发誓拒绝贾赦时，对平儿说："这话我且放在你心里，且别和二奶奶说：别说大老爷要我做小老婆，就是太太这会子死了，他三媒六聘的娶我去作大老婆，我也不能去。"

袭人躲在山石背后偷听，听到这话，忍不住跳出来了："好个没脸的丫头，亏你不怕牙碜！"

是的，对袭人来说，这话太"没脸"了。袭人兢兢业业，千方百计要爬到的位置，要当好的角色，是鸳鸯压根儿不放在眼里的。

芳官骂赵姨娘，"梅香拜把子 —— 都是奴几呢"！袭人忙拉他说："休胡说！"赵姨娘气得便上来打了两个耳刮子。

不仅赵姨娘气，袭人也气，她费尽心机要争取的，也就是赵姨娘一样的位置，被人说破，也不过是"奴几"。因此，当鸳鸯说连三媒六聘的大老婆也看不上，她不能不跳出来骂鸳鸯"不怕牙碜"。

饶是贤善如此的袭人，也有暴露本相的时候 ——

晴雯被逐后，宝玉想到一株海棠花无故死了半边，认定这是不好的兆头，拿"孔子庙前之桧、坟前之蓍，诸葛祠前之柏，岳武穆坟前之松"相比。从前晴雯在时，袭人从没说过她的不好，现在，袭人不能不生气了：

"真真的这话越发说上我的气来了。那晴雯是个什么东西，就费这样心思，比出这些正经人来！还有一说，他纵好，也灭不过我的次序去。便是这海棠，也该先来比我，也还轮不到他！想是我要死了。"

宝玉忙止住，说"这是何苦"。袭人心下暗喜。

宝玉最爱惜女孩。可他也有一回对女孩下狠手，那是端午节前一天，他踹了袭人一脚，是他长这么大头一遭儿生气打人——

抬腿踢在肋上，袭人"嗳哟"了一声。宝玉还骂道："下流东西们！我素日担待你们得了意，一点儿也不怕，越发拿我取笑儿了。"

当着许多人，袭人又是羞，又是气，又是疼，真一时置身无地。

那天，正是金钏被逐。

焦大：马粪、马尿与马屁

《红楼梦》里的焦大，只有一场戏，后面就再也没有出现了。用今天的话说，就是被封杀了。封焦大的嘴，用的是马粪。焦大的人生是和屎尿连在一起的，而且都不是人的，是牲口的——马屎和马尿。

……众小厮听他说出这些没天日的话来，唬的魂飞魄散，也不顾别的了，便把他捆起来，用土和马粪满满的填了他一嘴。

马尿，是焦大发迹的根源，曹雪芹很贼，他搞了个呼应，屎和尿的呼应。焦大是以前在战场上救过主子的。——写文学作品只写到这个层次，就没有独特性，因为在战场上这种事情多了，体现不出来焦大的特点。他的特点是，找来一碗水，给主人喝，自己不喝，自己喝什么呢？马尿。这一件事就让他发迹了。

而最终，让焦大这个人从此消失，从《红楼梦》里消失的，是马粪。我们经常说"屎尿屁"，表面上看，焦大的发迹和不受待见，是马屎、马尿的原因，实际上，既不是马屎，也不是马尿，而是马屁。焦大这个人，是不会拍马屁、也不懂拍马屁的人。

焦大发脾气，表面上看，只是因为喝了酒，给他派了夜里送人的活，看起来似乎是一场误会。但深究背后，是焦大和管家的矛盾，更确切地说，是焦大和他所处环境的格格不入。

吃毕晚饭，因天黑了，尤氏说："先派两个小子送了这秦相公家去。"媳妇们传出去半日，秦钟告辞起身。尤氏问："派了谁送去？"媳妇们回说："外头派了焦大，谁知焦大醉了，又骂呢。"尤氏秦氏都说道："偏又派他作什么！放着这些小子们，那一个派不得？偏要惹他去。"凤姐道："我成日家说你太软弱了，纵的家里人这样还了得！"

——这是焦大事件的起因。里面大可琢磨。对尤氏秦氏来说，肯定不主张这时候派焦大，但外面具体管事的，偏偏安排焦大，肯定是存心的。这里的大总管，是赖二。赖二和焦大，本来就有矛盾，焦大看不上赖二，"焦大太爷跷跷脚，比你的头还高"——自己看不上的人当了大总管，那大总管是要治治焦大的，他又不敢直接对焦大怎么着，所以要借刀杀人，特地给焦大安排这种活，以激起焦大和尤氏秦氏的矛盾。

值得留意的是，王熙凤恰好在。王熙凤在荣国府已经开始帮王夫人打理家务了，厉害的名声自然也传到了宁国府。赖二也就借这机会，把焦大往上推。——他摸准了焦大一定会闹事，而王熙凤不像尤氏秦氏软弱的脾气，看到焦大的张狂，一定会说点儿什么。

果然，焦大就骂起来了：

> 因趁着酒兴，先骂大总管赖二，说他不公道，欺软怕硬，"有了好差事就派别人，像这等黑更半夜送人的事，就派我。没良心的王八羔子！瞎充管家！你也不想想，焦大太爷跷跷脚，比你的头还高呢。二十年头里的焦大太爷眼里有谁？别说你们这一起杂种王八羔子们！"

> 正骂的兴头上，贾蓉送凤姐的车出去，众人喝他不听，贾蓉忍不得，便骂了他两句，使人捆起来，"等明日酒醒了，问他还寻死不寻死了！"那焦大那里把贾蓉放在眼里，反大叫起来，赶着贾蓉叫："蓉哥儿，你别在焦大跟前使主子性儿。别说你这样儿的，就是你爹、你爷爷，也不敢和焦大挺腰子！不是焦大一个人，你们就做官儿享荣华受富贵？你祖宗九死一生挣下这家业，到如今了，不报我的恩，反和我充起主子来了。不和我说别的还可，若再说别的，咱们红刀子进去白刀子出来！"

注意这里提到的，"不和我说别的还可"。焦大骂人的直接原因，也就是导火索，是这天晚上给他派活儿。但深层次原因——为什么焦大不服，对贾府这帮人意见那么大，乃至要"红刀子进去白刀子出来"？绝不是夜里派活儿这一桩事儿，而正是他欲说又不好开口的"别的"。

这个"别的"，到底是什么事，让焦大受不了？

众小厮见他太撒野了，只得上来几个，揪翻捆倒，拖往马圈里去。焦大越发连贾珍都说出来，乱嚷乱叫说："我要往祠堂里哭太爷去。那里承望到如今生下这些畜牲来！每日家偷狗戏鸡，爬灰的爬灰，养小叔子的养小叔子，我什么不知道？咱们'胳膊折了往袖子里藏'！"

——这就是"别的"。焦大一开始，也不是存心要说，但等到众小厮把他"揪翻捆倒，拖往马圈里去"的时候，他肯定要说出来了——你们这些不肖子孙既然不给我脸，我还给你们什么脸？

曹雪芹非常妙的一招，是把宝玉安排到了这个场景里：

凤姐和贾蓉等也遥遥的闻得，便都装作没听见。宝玉在车上见这般醉闹，倒也有趣，因问凤姐道："姐姐，你听他说'爬灰的爬灰'，什么是'爬灰'？"

"装作没听见"，非常妙。他们也只能装作没听见。绝不能勃然大怒，下车质问。

然而，有事儿毕竟不能装没事儿，听见了毕竟难装没听见，于是贾宝玉开口了。贾宝玉不开口，都可以装没事儿人一样。贾宝玉一开口，就不能装了，因为贾宝玉是自己人。——批评的声音，只要来自外部，再大都不可怕，怕的是来自内部。

> 凤姐听了，连忙立眉嗔目断喝道："少胡说！那是醉汉嘴里混唚，你是什么样的人，不说没听见，还倒细问！等我回去回了太太，仔细捶你不捶你！"唬的宝玉忙央告道："好姐姐，我再不敢了。"凤姐道："这才是呢。等到了家，咱们回了老太太，打发你同你秦家侄儿学里念书去要紧。"

"不说没听见"，这句很好——一方面等于凤姐向宝玉承认她也听见了，另一方面，是凤姐调教宝玉，怎样才能面对这类事件，表现出成熟的，有谋略、有定力的水平。

故事在这里戛然而止。还埋了个线索：秦钟后面在学堂里发生的事情。

焦大这种性格，肯定不是晚年才形成，一个人 30 岁的时候是这种性格，往后就很难再改变了。那么，以焦大的性格，为什么还能在贾府里待这么多年？为什么年轻的时候他喝了酒口出狂言，没有被嘴里灌上马粪扔出去？

因为贾府的生态在变化。焦大之所以被读者记住，正是因为那句"没天日的话"："每日家偷狗戏鸡，爬灰的爬灰，养小叔子的养小叔子。"

焦大说的，大家都知道。外面的柳湘莲都知道。更不用说里面的人。知道归知道，知道没什么，去干这些也没什么，但说出来，就不行。为什么说出来不行？因为一旦说出来，干这些事的人，脸上就挂不住。焦大管不了他们，他们是主子，但焦大讲出来，会对他们造成压力，而且会引起贾宝玉的发问。

焦大这辈子，除了晚年，在贾府里过得都不错。虽然主子知道这人没别的本事，但也赋予他批评的权利。尽管这种权利不能随意行使，每次行使的时候，要先灌点酒，把自己灌醉了，才好说。没喝醉的时候说这些是不行的。喝醉了，说的就是醉话，在明面上，是要挨骂的，实则行使了批评的权利。贾府一般的仆人，喝醉了都不能这么说，赖大喝醉了敢这么说吗？赖大的父亲恐怕都不敢，但焦大可以。这本来是焦大和贾府之间的默契。没有这层默契，焦大是活不到那么大年纪的，要不老早就死了，要不就给点钱赶出去了，就像王熙凤说的："我何曾不知这焦大。倒是你们没主意，有这样的，何不打发他远远的庄子上去就完了。"

其实，不是以前的主子没主意。只是，留焦大在这里，就是要让他来批评贾府的纨绔子孙。而这一层默契，在《红楼梦》第七回，就被打破了。从今往后，宁国府不再允许焦大这样的人胡言乱语。慢慢地，宁国府就变成了"除了那两个石头狮子干净，只怕连猫儿狗儿都不干净"的地方。

后来，贾母常感慨，贾家越发不如她年轻的时候了。为什么？就因为喝马尿的人被塞了马粪，留下来的都是拍马屁的。

凤姐：猴儿尿谁吃了？

《红楼梦》第五十四回，正月十五，摆酒吃饭，席间宝玉出去，贾母让人跟着，只见麝月、秋纹，不见袭人——

贾母因说："袭人怎么不见？他如今也有些拿大了，单支使小女孩子出来。"王夫人忙起身笑回道："他妈前日没了，因有热孝，不便前头来。"贾母听了点头，又笑道："跟主子却讲不起这孝与不孝。若是他还跟我，难道这会子也不在这里不成？皆因我们太宽了，有人使，不查这些，竟成了例了。"

王熙凤赶紧替王夫人解释，说袭人要留在怡红院看园子，以便宝玉回去的时候，铺盖是温的，茶水也齐备，"老祖宗要叫他，我叫他来就是了"。

贾母听了这话，忙说："你这话很是，比我想的周到，快别叫他了。但只他妈几时没了，我怎么不知道。"凤姐笑道："前儿袭人去亲自回老太太的，怎么倒忘了。"贾母想了一想笑说："想起来了。我的记性竟平常了。"

现在有个问题：袭人母亲死，袭人真的"去亲自回老太太"了吗？

我们翻翻书，看看袭人母亲死那天，袭人都干什么了。

是在第五十一回，一个冬日，"前头吃晚饭之时"，"一齐前来吃饭"，有人回王夫人，说袭人母亲病重。王夫人命人叫了凤姐来，让凤姐去办理。

凤姐安排周瑞家的去告诉袭人，"叫他穿几件颜色好衣裳，大大的包一包袱衣裳拿着，包袱也要好好的，手炉也要拿好的。临走时，叫他先来我瞧瞧"。

袭人回家之前，去见了王熙凤。王熙凤叫她，主要是看看她的穿戴和行李。袭人身上穿的三件衣服，都是王夫人穿过赏给她的。王熙凤另外给了袭人一件大毛的。王熙凤又看看袭人的包袱，只包着两件半旧的棉袄和皮褂，就命平儿拿来一个玉色绸里哆罗呢的包袱，包上一件雪褂子。

（王熙凤）又吩咐周瑞家的道："你们自然也知道这里的规矩的，也不用我嘱咐了。"周瑞家的答应："都知道。我们这去到那里，总叫他们的人回避。若住下，必是另要一两间内房的。"说着，跟了袭人出去，又吩咐预备灯笼，遂坐车往花自芳家来，不在话下。

这和袭人前一次回家，规格完全不一样了。前一次根本没有带这么多丫鬟婆子，也没有"另要一两间内房"。——
这些先不表。单说这天晚上，袭人从王熙凤这儿出来就回家
了，连太太都没见，更没见老太太。她从怡红院到了王熙凤
这儿，之后离了贾府，直到母亲出殡后才回来。

那有没有可能是袭人在送母出殡后，回到贾府，又去
"亲自回老太太的"呢？

不会的。

因为贾母说了——

> 贾母因又叹道："我想着，他从小儿服侍了我一场，又服侍
> 了云儿一场，末后给了一个魔王宝玉，亏他魔了这几年。他又不
> 是咱们家的根生土长的奴才，没受过咱们什么大恩典。他妈没了，
> 我想着要给他几两银子发送，也就忘了。"

袭人要是真的回了贾母，贾母怎么可能忘了"给他几两
银子发送"呢？

> 凤姐儿道："前儿太太赏了他四十两银子，也就是了。"贾母
> 听说，点头道："这还罢了。正好鸳鸯的娘前儿也死了，我想他
> 老子娘都在南边，我也没叫他家去守孝，如今叫他两个一处作伴
> 儿去。"

可见，不仅贾母没有赏袭人银子，连王夫人赏袭人四十
两银子，贾母都不知道。——这就是袭人根本没有回过贾母
的铁证。

再从头看刚才的片段——

贾母听了这话，忙说："你这话很是，比我想的周到，快别叫他了。但只他妈几时没了，我怎么不知道。"

这是真不知道，因为根本没有任何人向贾母汇报。

试想，假如这时候，王夫人或者王熙凤说，"一时忙起来，忘回老祖宗了"，贾母肯定要气坏——袭人是贾母的丫头呀。鸳鸯母亲死，时间跟袭人母亲接近，鸳鸯的事老太太非常清楚。老太太这么一问，王夫人肯定紧张了。王熙凤就撒了个谎——

凤姐笑道："前儿袭人去亲自回老太太的，怎么倒忘了。"贾母想了一想，笑说："想起来了。我的记性竟平常了。"

王熙凤真是胆大。贾母听了她说的，不是立刻想起来——假如她有印象，一定马上想起来了。"想了一想"就表示，实际上贾母没想起来，但当着这么多人的面，想上半天，又说"我怎么就是想不起来"，有点尴尬，也扫兴——这天是正月十五，很热闹，非常高兴，贾母再想不到王熙凤敢这样骗她，就说"想起来了"。又说"我的记性竟平常了"，这表示贾母平素记性是很好的。她也对自己怎么没想起来有点纳闷儿。实际上，袭人压根儿没回过她。

为什么王熙凤说"前儿袭人去亲自回老太太的"，而不是"前儿太太打发人去回了老太太"？

如果说"太太打发人回了",老太太较起真儿来,问打发谁回的,就有可能露馅儿,太太也会有过失。说"袭人亲自回的",如果袭人没回,是袭人的错。而且,袭人已经被王夫人收买了,如果老太太问起来,袭人肯定会自己扛下来,说回的时候老太太刚睡下,不敢惊动,又走得急之类的。老太太想了想,可能觉得,也许吩咐了袭人来回,袭人悲痛之下忘了,也就不深究了。

那么,为什么当天没有安排袭人去回老太太呢?

一方面,时间晚了——得到袭人母亲病重的消息,已经是晚饭时间,又过了"半日",袭人才收拾好东西见王熙凤,那会儿老太太该睡了。更重要的,是另一方面:袭人见王熙凤的时候,是按照吩咐,穿了最好的衣服来的,三件衣服都是王夫人穿过的——这样站在老太太面前,说明什么就不言而喻了。

早在第三十六回,宝玉挨打后不久,王夫人就吩咐王熙凤,把袭人从老太太那儿领的一两银子裁了,"把我每月的月例二十两银子里,拿出二两银子一吊钱来给袭人,以后凡事有赵姨娘周姨娘的,也有袭人的,只是袭人的这一分都从我的分例上匀出来,不必动官中的就是了"。

这个变动,直到第七十八回,晴雯被撵走、死了之后,王夫人才告诉老太太。也就是说,袭人早就不是老太太的人，而是王夫人的人了，但老太太始终不知道。

王夫人把袭人的月钱调整为姨娘级别后，王熙凤特地吩咐袭人不要让贾母知道——"又叫他与王夫人叩头，且不必去见贾母，倒把袭人不好意思的"。夜深人静时，袭人告诉宝玉，宝玉说，这下你可不能回家去了，袭人冷笑道："你倒别这么说，从此以后我是太太的人了，我要走连你也不必告诉，只回了太太就走。"

"我是太太的人""只回了太太就走"，根本不再提老太太。那么，母亲病重这件事，只要王夫人、王熙凤不安排袭人回老太太，她是不可能去回的。

哪怕是正月十五夜里，王夫人也没打算告诉老太太袭人母亲的事。是老太太突然觉察到异样——该出现的袭人竟然没出现。

袭人没出现的真正原因是什么？

当然不是因为母亲的孝，而是因为她的身份已经不再是丫鬟，而是准姨娘。贾府上上下下差不多都知道袭人是准姨娘了，作为准姨娘，她再像麝月秋纹那样跟着宝玉，就不合适了，所以她才没来。

老太太敏锐地捕捉到了这种变化，称之为"拿大"，这就离嗅出准姨娘的味道不远了。——同是大丫鬟的晴雯今晚也没来，老太太问都不问，为什么？因为晴雯本来就是老太太要给宝玉的，是老太太内定的姨娘 —— 第七十八回晴雯死后老太太说了，晴雯自己也有数，所以老太太没见晴雯，却不说晴雯"拿大"。

老太太说起"拿大"，王夫人"忙起身笑回道"："他妈前日没了……" —— 这是一不小心，想遮住一桩隐瞒，又暴露了另一桩。

贾母听了点头，又笑道："跟主子却讲不起这孝与不孝，若是他还跟我，难道这会子也不在这里不成？……"

这无意中点破了事实 —— 袭人真的已经不是贾母的人了。

王夫人正愁该怎么圆，王熙凤出马了，先说防止失窃，又说要看园子，弄铺盖、茶水，圆过一回；等问起袭人母亲什么时候死的，王熙凤扯了个大谎，当着老太太的面说袭人亲自回过她。

正是这天晚上，说书的女先儿讲了个故事，残唐有个公子叫王熙凤，父亲名唤"王忠"，"忠"字好得很！随后 ——

凤姐儿走上来斟酒，笑道："罢，罢，酒冷了，老祖宗喝一口润润嗓子再掰谎。这一回就叫作《掰谎记》，就出在本朝本地本年本月本日本时，老祖宗一张口难说两家话，花开两朵，各表一枝，是真是谎且不表，再整那观灯看戏的人……"

正是"花开两朵，各表一枝"，就在"本朝本地本年本月本日本时"，王熙凤扯了个"前儿袭人去亲自回老太太的"谎，老祖宗硬是没掰过来。

怨不得两个女先儿说王熙凤："奶奶好刚口。奶奶要一说书，真连我们吃饭的地方也没了。"

虽然贾母没掰过来王熙凤说的这个"书"，但贾母无意中讲了个猴儿尿的笑话。讲完，王熙凤笑道："好的，幸而我们都笨嘴笨腮的，不然也就吃了猴儿尿了。"尤氏娄氏都笑向李纨道："咱们这里谁是吃过猴儿尿的，别装没事人儿。"

红楼史看

索隐钩沉

张道士：清虚观打醮始末

《红楼梦》第二十九回，清虚观打醮，场面大得意外。

第二十八回，袭人对宝玉说："昨儿贵妃打发夏太监出来，送了一百二十两银子。叫在清虚观初一到初三打三天平安醮，唱戏献供，叫珍大爷领着众位爷们跪香拜佛呢。……"

原本只是"众位爷们"的事儿。

可到了那天，"荣国府门前车辆纷纷，人马簇簇"——贾母、李氏、凤姐儿、薛姨妈、宝钗、黛玉、迎春、探春、惜春、鸳鸯、鹦鹉、琥珀、珍珠、紫鹃、雪雁、春纤、莺儿、文杏、司棋、绣桔、待书、翠墨、入画、彩屏、同喜、同贵、香菱、臻儿、素云、碧月、平儿、丰儿、小红、金钏、彩云……乌压压的占了一街的车。

但这些，只是荣府。

宁府的贾珍，在清虚观，见了这阵仗，说："虽说这里地方大，今儿不承望来这么些人。"赶紧找来贾蓉骂了一顿：

"你站着作什么？还不骑了马跑到家里，告诉你娘母子去！老太太同姑娘们都来了，叫他们快来伺候。"

贾蓉听说，忙跑了出来，一叠声要马，一面抱怨道："早都不知作什么的，这会子寻趁我！"

可见，贾珍、贾蓉都没想到荣国府来这么多人。

然而，道观似乎提前知道——贾母到时，"将至观前，只听钟鸣鼓响，早有张法官执香披衣，带领众道士在路旁迎接"。

等贾珍、贾蓉的妻子婆媳两个来了，彼此见过，贾母方说："你们又来做什么？我不过没事来逛逛。"

蓉妻婆媳刚到，马上一堆人来送礼——冯紫英家、赵侍郎家，接二连三，凡一应远亲近友、世家相与都来送礼。贾母后悔起来，说："又不是什么正经斋事，我们不过闲逛逛，就想不到这礼上，没的惊动了人。"

贾母也没想到。

然而，送礼的人却像提前有准备——冯家的礼有"猪羊、香烛、茶银"，不像是临时能迅速备齐的——冯家是和蓉妻婆媳前后脚到的，贾母刚到道观，贾蓉就骑马回家喊蓉妻婆媳了。冯家的速度，快得不像是临时听说。

六天前，冯紫英曾对宝玉、薛蟠说："这一次，大不幸之中又大幸。"

结合张道士的身份、道观的阵势、送礼亲友之多，可以想道：他们都知道今天要干吗。——但是，贾珍不知道。

事发现场的张道士，还在跟贾珍打马虎眼——

且说贾珍方要抽身进去，只见张道士站在旁边陪笑说道："论理我不比别人，应该里头伺候。只因天气炎热，众位千金都出来了，法官不敢擅入，请爷的示下。恐老太太问，或要随喜那里，我只在这里伺候罢了。"

张道士平时常往两个府里去，凡夫人、小姐都是见的。贾珍见他如此说，便笑道："咱们自己，你又说起这话来。再多说，我把你这胡子还捋了呢！还不跟我进来。"

张道士为什么这么说？

这是想让贾珍消除疑心，不然，贾珍回头可能想：为什么连我都不知道今天要来这么多人，张道士倒像提前知道，为什么不早告诉我？

更须注意的是：贾母的到来，看上去，似乎很偶然。

这种活动，照例，贾母是不去的。

本来，只是"珍大爷领着众位爷们跪香拜佛"。后来，凤姐约宝钗、宝玉、黛玉等看戏，也没请贾母。贾母听到，主动要去。

如果说，贾母在去与不去之间，张道士怎么可能提前筹备那么隆重的迎接仪式？亲友世家又怎么会齐刷刷备好礼物踊跃赶到现场？

当张道士开口提到宝玉的亲事，一切疑虑烟消云散。

"醉翁之意不在酒"。

尽管在贾母看来，她自己的出席很偶然、很随意，其实，早被悄悄谋划好了。

谁谋划的呢？

王熙凤。

王熙凤约宝钗、宝玉、黛玉看戏，并没有分别到三人住处，而是趁三人都在贾母处时提的。凤姐说：

> "他们那里凉快，两边又有楼。咱们要去，我头几天打发人去，把那些道士都赶出去，把楼打扫干净，挂起帘子来，一个闲人不许放进庙去，才是好呢。我已经回了太太了。你们不去我去，这些日子也闷的很了。家里唱动戏，我又不得舒舒服服的看。"

这么说，当然会吸引贾母。如果直接邀请，贾母是不太可能去的——从贾母事后的后悔、第二天的执意不去也能推知。一旦贾母不去，张道士向谁提亲呢？

现场，张道士才提宝玉的亲事，贾母立刻婉拒。婉拒后，凤姐第一时间转移话题——

> 说毕，只见凤姐儿笑道："张爷爷，我们丫头的寄名符儿你也不去换。前儿亏你还有那么大脸，打发人和我要鹅黄缎子去！要

不给你，又恐怕你那老脸上过不去。"

张道士呵呵大笑道："你瞧，我眼花了，也没看见奶奶在这里，也没道多谢。符早已有了，前日原要送去的，不指望娘娘来作好事，就混忘了，还在佛前镇着。待我取来。"

王熙凤就在贾母旁边，张道士怎么可能一开始没看见？况且，贾元春说在清虚观打醮，这事不正是王熙凤经办的吗？"头几天打发人去，把那些道士都赶出去，把楼打扫干净，挂起帘子来"的王熙凤，怎么当时不让人顺便把"早已有了"的寄名符取走？而且，前儿张道士特意打发人和凤姐要鹅黄缎子，为什么不顺便把寄名符送来？——向人索取的时候怎么可能忘了人家嘱咐自己的事儿呢？如果张道士连这个眼力见儿都没有，还能混上现在的职位？

此前，凤姐派人去过观里，张道士也差人来过府上，那会儿怎么彼此都把寄名符忘得一干二净，偏偏在给宝玉说亲被拒后，第一时间就想起了？

——凤姐这反应真快！张道士也接得稳，真是一段好双簧！

这段双簧目的是什么？

所谓"寄名符"，是烟幕弹。真正的目的，是凤姐想向贾母暗示：我和张道士，前一阵子没怎么沟通过。

没多久，冯紫英家来送礼，凤姐儿听见了，忙赶过正楼来，拍手笑道：

"嗳呀！我就不防这个。只说咱们娘儿们来闲逛逛，人家只当咱们大摆斋坛的来送礼。都是老太太闹的。这又不得预备赏封儿。"

凤姐这几句话，含金量非常高——分别向外界、贾府构造并展示了不同的重要信息。这里，先说向贾府展示的信息：我和送礼的人，此前未就送礼之事沟通过。

但凤姐不小心露出了一点马脚——这里刚刚来了第一家客人，你怎么知道"人家只当咱们大摆斋坛"呢？难道你算准了下面会有接二连三的客人来？

贾母是到后面来了很多客人时才后悔的，此刻还不知道。而王熙凤早已知道，只是装作不知道。

王熙凤之所以要向贾母和众人营造出"我和张道士沟通很不充分，和亲友世家也没有提前沟通"的印象，就是要诱导贾母等人做出推测：

张道士给宝玉说亲，凤姐提前不知道。

不然，贾母回头保不住要问她：张道士想给宝玉说亲，你怎么不提前告诉我一声？

等张道士用盘子把寄名符托出来，凤姐儿笑道："你只顾拿出盘子来，倒唬我一跳。我不说你是为送符，倒像是和我们化布施来了。"

众人听说，哄然一笑，连贾珍也撑不住笑了。贾母回头道："猴儿猴儿，你不怕下割舌头地狱！"

贾母没笑。

贾母是个老慈善家，很信因果报应，她不赞同这话。而王熙凤，不可能不了解贾母。可是，王熙凤还是开了这很不得体的玩笑。为什么？

王熙凤意在用一种小的不体面，遮掩更大的不体面。她用夸张的玩笑转移众人视线，借这过头的话，冲淡先前张道士的说亲，尤其害怕贾母想到凤姐和说亲之间的联系。

说亲，让宝玉极其恼火。回家后，口口声声说，从今以后不再见张道士了。张道士送给宝玉三五十块金璜、玉玦，宝玉要散给穷人，贾母也同意。张道士连忙制止，说"到底也是几件器皿"。

这表示，那三五十件东西也不是临时凑的，都是提前备好的。

可见，贾母、宝玉这天到来，根本不是偶然——否则，张道士提前的忙活不都白搭了？

张道士给宝玉说亲，凤姐当然早就知道。否则，张道士不会那么不懂事，一张大嘴巴上来就跟贾母说。

那么，说亲之事，贾府还有谁提前知道？

王夫人。

凤姐曾说过:"我头几天打发人去,把那些道士都赶出去,把楼打扫干净,挂起帘子来,一个闲人不许放进庙去……我已经回了太太了……"

贾母打发人请薛姨妈,顺路告诉王夫人时——

王夫人因一则身上不好,二则预备着元春有人出来,早已回了不去的;听贾母如今这样说,笑道:"还是这么高兴。"因打发人去到园里告诉:"有要逛的,只管初一跟了老太太逛去。"这个话一传开了,别人都还可以,只是那些丫头们天天不得出门槛子,听了这话,谁不要去。便是各人的主子懒怠去,他也百般撺掇了去,因此李宫裁等都说去。

可见,荣府去那么多人,其实是王夫人推动的。

试想:假如只有贾母、薛姨妈和几个姐妹去,一堆亲友世家送礼,明显不可能是为贾府"大摆斋坛"。其实也确实不是,人家是为宝玉的说亲道贺的。

而当冯紫英家的礼第一个到时,说亲已经宣告失败了。这时——

凤姐儿听见了,忙赶过正楼来,拍手笑道:"嗳呀!我就不防这个。只说咱们娘儿们来闲逛逛,人家只当咱们大摆斋坛的来送礼。都是老太太闹的。这又不得预备赏封儿。"

刚才说了这句话向贾府众人显示的信息,它同时也向外界显示了重要信息:"谁能防得住呢,我就怕这个,说亲被拒了——都是老太太闹的，现在，大家送礼的由头请改成贾府大摆斋坛，请大家统一好口径！我另外预备了赏封儿。"

第二天，贾母没去，凤姐说："打墙也是动土，已经惊动了人，今儿乐得还去逛逛。"

说亲，可能成功，也可能失败；那么，安排这事的王熙凤不可能不准备两手方案。如果贾母点头，就启用方案A；摇头，就启用方案B。亲说成了，礼就是为宝玉的亲事道贺；不成，礼就是为贾府大摆斋坛。

因此，这一天，荣国府不能不安排很多人去。"丫头们天天不得出门槛子"，这是王夫人平时的要求和纪律，而王夫人特地允许打醮这天把丫头们都放出去，可想而知。

提出打醮的，是贾元春——王夫人的女儿；和清虚观沟通对接的，是王熙凤——王夫人的侄女；被张道士说亲的，是贾宝玉——王夫人的儿子；跟了老太太同去的丫头，是得到了王夫人一反常规的特许。

王夫人，这位看起来跟打醮没什么关系、也根本没到现场的人，才是打醮一场戏的幕后主角呢！

元春差夏太监送银子并吩咐打醮的同时，赏了端午节礼物。三个月前，省亲时，宝玉得到的礼物和众姐妹一样。现在，宝玉的礼物就和众姐妹不一样了，独独与宝钗一样，比其他姐妹多了凤尾罗二端、芙蓉簟一领。凤尾罗是可以做帐子的，芙蓉簟是席子。

张道士提亲时说，"前日在一个人家看见一位小姐，今年十五岁了"，薛宝钗也恰好十五岁。

时间回到四月二十六。

这天，清虚观做遮天大王圣诞，要请宝玉，宝玉没去。

这天，凤姐在王夫人处放桌子，又到自己院里挪花盆；宝玉对王夫人说了一段看似荒诞不经的话，说能治黛玉的病，宝钗、黛玉都笑他，王夫人也不信，凤姐意外地帮宝玉圆。

黛玉去贾母处吃饭，宝钗笑着劝宝玉也去："你正经去罢。吃不吃，陪着林姑娘走一趟，他心里打紧的不自在呢。"宝玉道："理他呢，过一会子就好了。"宝玉和宝钗、探春等在王夫人处吃完饭，着急去贾母处。探春、惜春说他太忙。宝钗笑道："你叫他快吃了瞧林妹妹去罢，叫他在这里胡羼些什么。"

宝玉路过凤姐院门口，被喊进去，凤姐笑着让宝玉替她写几个字儿：

"大红妆缎四十匹，蟒缎四十匹，上用纱各色一百匹，金项圈四个。"

这些既不是账，又不是礼物，宝玉觉得很奇怪。

写完，宝玉着急走，凤姐说："你回来，我还有一句话呢。"宝玉没工夫听。

饭后，冯紫英来请，宝玉去了冯府，薛蟠、蒋玉菡都在。宝玉到了就说："前儿所言幸与不幸之事，我昼悬夜想，今日一闻呼唤即至。"

前一天，是四月二十五，薛蟠请宝玉吃鲜藕、西瓜、鲟鱼、暹猪，席上，冯紫英说道，"这一次，大不幸之中又大幸"。宝玉细问，冯紫英不说。

今天，宝玉又问，冯紫英说并没有那回事，只不过是托词。

可四月二十六这场酒，正客只有宝玉、薛蟠。蒋玉菡是优伶，云儿是妓女，都是作陪的。

为什么冯紫英单请宝玉、薛蟠？可见，所谓大不幸，是指上月宝玉中魔，差点死掉；所谓大幸，是指如今宝玉要与宝钗说亲了——这是冯紫英看来的"大幸"。

二十五日，冯紫英还说，要为此请客。薛蟠问何时，冯紫英道："多则十日，少则八天。"

六天后，清虚观打醮，冯紫英家第一个送礼。而八天、十天后，却没见冯紫英请客。

原因很明了——说亲没成。

说亲那天，张道士说："前日四月二十六日，我这里做遮天大王的圣诞，人也来的少，东西也很干净，我说请哥儿来逛逛，怎么说不在家？"

贾母笑道："果真不在家。"

这天，宝玉收到和宝钗一样的礼物，没有陪黛玉吃饭，还说"理他呢，过一会子就好了"。黛玉还了两句"理他呢，过一会子就好了"。

这天，黛玉对宝玉说的最后一句话是："阿弥陀佛！赶你回来，我死了也罢了！"

此后，宝玉又对黛玉说："你死了，我做和尚！"

做和尚，就是"出家"，就是"不在家"。

这天，宝玉对王夫人说，自己有方子治黛玉的病，要三百六十两银子，要头胎紫河车、人形带叶参，三百六十两……

王夫人说："宝玉很会欺负你妹妹。"

这天，黛玉唱了《葬花吟》："一年三百六十日，风刀霜剑严相逼……"

宝玉唱了："滴不尽相思血泪抛红豆，开不完春柳春花满画楼……"

宝玉药方中，"为君的药"，是"古时富贵人家装裹的头面"——陪葬入坟墓的珍珠。

这天，未时交芒种节，祭饯花神，众花皆谢，花神退位。

芒种一过，便是夏日了。

蒋玉菡：宝玉引逗琪官考

　　贾宝玉和蒋玉菡第一次见面，是四月二十六日，芒种节，在冯紫英府上。

　　那天，席上生风，宝玉拈了一片梨。梨，谐音是"离"。宝玉说道：

　　雨打梨花深闭门。

　　这次宴席，规模不大。主人是冯紫英，正客只有宝玉、薛蟠；蒋玉菡和云儿作陪。虽然有些唱曲儿的小厮，但地位很低，不上桌。蒋玉菡和云儿上桌参与酒令。

　　席间，宝玉解手，蒋玉菡随了出来。蒋玉菡出来不是解手的，是要和宝玉说话。

　　宝玉搭着蒋玉菡的手，叫他"闲了往我们那里去"，又说："还有一句话借问，也是你们贵班中，有一个叫琪官的，他在哪里？如今名驰天下，我独无缘一见。"

试想，假如我们初次见某个演员，长得也不错，表露出对她的喜欢时，会不会马上说，"也是你们剧组里，有个某某，她在哪里？如今名驰天下，我独无缘一见"？

想气死人家吗？

贾宝玉第一次路谒北静王时，比这还小，而"语言清楚，谈吐有致"。北静王向贾政笑道："令郎真乃龙驹凤雏，非小王在世翁前唐突，将来雏凤清于老凤声，未可量也。"

那，怎么这会儿倒说得不得体了呢？

理由很简单：宝玉已经隐约猜出来，面前这位很可能是琪官。但毕竟不方便问："你就是琪官吧？"

万一错了呢？所以，小小兜个圈子。果真是琪官，那比知道后再恭维"名驰天下"还要好。

现在，有两个问题：

第一，照例，酒席前，主人是要介绍客人互相认识的。尤其是人数不多的情况下。冯紫英当时是怎么介绍蒋玉菡的？

第二，如果宝玉想打听琪官，为什么不在介绍时打听？为什么不在酒席上问，要等到解手时私下问？

因为，"琪官"的事情，比较敏感。

后来，长史官向贾政告状时说："王爷亦云：'若是别的戏子呢，一百个也罢了；只是这琪官随机应答，谨慎老诚，甚合我老人家的心，竟断断少不得此人。'"

我们如果在喝酒时碰到新朋友，主人不介绍他的具体职务，只笼统介绍他是某单位的，甚至，更笼统到他是某系统、某行业的，有可能是因为这人有不便介绍的地方。那么，介绍时所用的名字，也未必是他在扮演另外一重身份时常用的名字。

可以推知，冯紫英对琪官的介绍，应该是"忠顺王爷驾前承奉的蒋玉菡"，而不是"忠顺王爷驾前承奉的琪官"。

宝玉解手时说，"也是你们贵班中"，可见，蒋玉菡的单位——忠顺王府，是酒席上介绍过的。

而"蒋玉菡"，虽然是本名，却很不通用。人们只知道"琪官"。宝玉听闻"琪官"已久，却不知道"琪官"本名"蒋玉菡"。后来，长史官告到贾府，也是说，"我们府里有一个做小旦的琪官"。可见，"琪官"更有名。冯紫英介绍时，说"蒋玉菡"却只字不提"琪官"，含蓄透露出"琪官"身份的敏感。

这样一个身份敏感的琪官，在宝玉席间解手时，尾随了出来。什么目的呢？

显然不是巴结宝玉。作为忠顺王爷跟前的红人，能坐到冯紫英酒席上行酒令，蒋玉菡不需要巴结宝玉。他也不是趋炎附势之辈。

从宝玉和蒋玉菡的对话中，可以知道，宝玉对"蒋玉菡"兴趣倒不很大，而对"琪官"颇有兴趣。面对"蒋玉菡"，宝玉只是说"闲了往我们那里去"，甚至有点像客套，随即，他就迫不及待打听起琪官来。

蒋玉菡笑道："就是我的小名儿。"宝玉听说，不觉欣然跌足笑道："有幸，有幸！果然名不虚传。今儿初会，便怎么样呢？"想了一想，向袖中取出扇子，将一个玉玦扇坠解下来，递与琪官，道："微物不堪，略表今日之谊。"

确认是"琪官"后，宝玉的反应大不同。现在才跌足说"名不虚传"，假如他只是"蒋玉菡"而不是"琪官"，宝玉大概不会送玉玦扇坠。就像薛蟠，和琪官见过十来次，都没有互送过东西。

宝玉和琪官，并不是"一见如故"——见面之前，他们早已对彼此有了很多了解，这了解，自然是通过某位共同相熟的人。

表面上，蒋玉菡尾随宝玉出去，是要道歉。实际上，是想和宝玉真正认识——作为"琪官"认识。琪官也知道，宝玉很想和他认识。

他们都相熟的那个朋友，可能不是北静王——否则，琪官不太可能拿昨天北静王刚送他的茜香罗汗巾子给宝玉。但也许那人和北静王府有密切关系。

这个相熟的好友，是联系宝玉、琪官的重要纽带。二人在见面之前，就已经通过他很了解对方了。这是二人初次见面就如此亲密的基础。

他们借解手的机会，私下确认身份并相赠礼物，也透露出琪官身份的敏感。——公开赠礼是没问题的，宝玉和薛蟠、冯紫英、云儿都不是第一次见面（云儿连宝玉的丫鬟叫袭人都知道），给初次见面的蒋玉菡赠个扇坠有什么妨碍呢？

由此，隐隐知道，琪官的身份，以及琪官面临的问题，是不适合在酒席上公开讨论的。但宝玉又非常关心琪官。结合后面发生的故事——没过几天，琪官就从忠顺王府消失了，我们就更能理解，二人为何要躲着旁人相认。

忠顺王府的长史官来到贾府，向贾政告状，说宝玉引逗琪官，是五月初六。

这时，距两人第一次见面不过十天。

十天中，宝玉出过几趟门呢？书上明确记载的，只有两次：五月初一，清虚观打醮；五月初五，薛蟠请客。

蒋玉菡从忠顺王府消失，是五月初一之后的事。长史官说，"我们府里有一个做小旦的琪官，一向好好在府里，如今竟三五日不见回去"。

就按五日算，也是五月初一后才消失的。

五月初一后的几天，宝玉日程很满：初一，清虚观打醮。初二，宝玉在家，和林黛玉生气。初三，薛蟠生日，宝玉没出门。初四，宝玉在家，拿宝钗比杨妃，和金钏调笑。初五，薛蟠请喝酒。

那么，五月初五，薛蟠请客时，琪官在不在？

初六，宝玉挨打那天，薛蟠依然在外面喝酒。晚上回去，宝钗和薛姨妈都怀疑是薛蟠调唆了人告宝玉，薛蟠非常生气：

"你只会怨我顾前不顾后，你怎么不怨宝玉外头招风惹草的那个样子！别说多的，只拿前儿琪官的事比给你们听：那琪官，我们见过十来次的，我并未和他说一句亲热话；怎么前儿他见了，连姓名还不知道，就把汗巾子给他了？难道这也是我说的不成？"

这表示，薛蟠和琪官不熟。

四月二十五，薛蟠请客。詹光、程日兴、胡斯来、单聘仁等并唱曲儿的都在，琪官不在。四月二十六，冯紫英做东，琪官和宝玉私下相认并交换汗巾后，被薛蟠捉住，硬要他们拿出来瞧瞧，两人都不答应，薛蟠也不肯依，直到冯紫英出来才解开。

可见，琪官对薛蟠印象不好，也不太买他的账。因此，薛蟠五月初三过生日、初五请客，琪官应该都不在。

况且，当时琪官已经从忠顺王府消失了，如果突然出现在薛蟠宴席上，长史官很容易打听到，不会"各处去找，又摸不着他的道路，因此各处访察"。

可见，五月初一后，宝玉应该没见过琪官。

那，五月初一之前的几天呢？

注意长史官的话，"一向好好在府里，如今竟三五日不见回去"——这表示四月底的几天，琪官是"好好在府里"的，不然就是"七八日不见回去"了。

宝玉是不可能到忠顺王府找琪官的。四月二十六那天，宝玉对蒋玉菡说，"闲了往我们那里去"。可见，蒋玉菡平时在忠顺王府，如果宝玉想和他相见，最合适的地方是贾府。

那些天，琪官肯定没去过贾府。否则，宝玉怎么可能在长史官刚来告状的时候说："实在不知此事。究竟连'琪官'两个字不知为何物，岂更又加'引逗'二字！"说着便哭了。

这样说，加上哭，表明很有可能，这些天来，宝玉确实没有再和琪官见过面——宝玉也是委屈的。

那么，宝玉怎么知道琪官在紫檀堡买房呢？

前面分析过，宝玉和琪官之间，一定有着某个非常亲厚的朋友——二人认识前，就已通过那人了解彼此。四月二十六日，冯紫英席上，宝玉之所以没有公开问琪官，暗示出，甚至早在那时候他就已经了解到琪官在紫檀堡买房的事了。或者，也不排除是在初五薛蟠的酒席上，听那位相熟的朋友私下说的。相比起来，前一种可能性更大。

琪官想从忠顺王府逃开的事，想必在四月二十六日前就开始绸缪了，当时，宝玉虽然还没见过琪官，但已经从亲厚好友那里得知了消息。

这样，就更能解释为何二人初次见面就亲密异常——宝玉不敢太亵渎，先解下扇坠儿，而蒋玉菡直接把茜香罗给他——

说毕撩衣，将系小衣儿一条大红汗巾子解了下来，递与宝玉，道："这汗巾子是茜香国女国王所贡之物，夏天系着，肌肤生香，不生汗渍。昨日北静王给我的，今日才上身。若是别人，我断不肯相赠。二爷请把自己系的解下来，给我系着。"

注意，这是蒋玉菡向宝玉提出的要求，若非他深知宝玉底细，怎么敢提这种非分的要求。而且，这暗示着：那时候，蒋玉菡已经决定走了。

这一回，二人见面前，宝玉是不知道蒋玉菡要来的。而蒋玉菡，很可能知道宝玉要来，"今日早起方系上，还是簇新的"，表示可能蒋玉菡有预谋地要和宝玉见一面，赠了礼物，然后就此别过。

这回客是冯紫英请的。前一天，在薛蟠处，冯紫英很忙，但特意去喝了两杯，然后马上走，显得有些不合情理，他当时说，"二则还有所恳之处"，也许，我们可以把这"所恳之处"理解为蒋玉菡请冯紫英帮忙安排一场和宝玉相见的机会。

相逢后的十来天，宝玉和琪官很可能没有再见过了。

然而，长史官当着贾政的面，说出汗巾子一事时——

宝玉听了这话，不觉轰去魂魄，目瞪口呆，心下自思："这话他如何得知！他既连这样机密事都知道了，大约别的瞒他不过，不如打发他去了，免的再说出别的事来。"

这表示，宝玉除了知道琪官在紫檀堡有房，还知道"别的事"，这"别的事"，恐怕就是琪官预谋逃出忠顺王府之事。

于是宝玉说：

"大人既知他的底细，如何连他置买房舍这样大事倒不晓得了？听得说他如今在东郊离城二十里有个什么紫檀堡，他在那里置了几亩田地几间房舍。想是在那里也未可知。"

这里说"听得说"，应该不是撒谎，就是听亲厚的朋友说的。

贾宝玉既是招供，也是为蒋玉菡开脱。蒋玉菡买房，是逃跑计划的一部分，是瞒着很多人的。宝玉把它往轻巧了说，恰是要淡化蒋玉菡的逃跑。

现在转回来——汗巾子的事，长史官何以得知呢？

不是宝玉系在腰里被看见了——一者，从外面是看不到的；再者，那条汗巾子宝玉没系，回来第二天就给袭人了，袭人解下来掷在空箱子里了。长史官知道，是因为他打听到了。

宝玉和琪官交换汗巾子的一幕，薛蟠看见了，后来，冯紫英出来调解。当时云儿也在，还有一些唱小曲儿的。因此，没法不传出去。书上说，不是薛蟠传的。也不太像冯紫英传的。很有可能，是妓女云儿或唱小曲儿的传出去的。于是，二人交换汗巾子之事，就人尽皆知了。

因此，长史官说，"这一城内，十停人倒有八停人都说，他近日和衔玉的那位令郎相与甚厚"。

"相与甚厚"，不能说错，因为宝玉早就知道蒋玉菡的秘密，甚至是在二人相见之前。而二人的见面，也许迄今只有一次。

再回到四月二十六日的酒席——

蒋玉菡酒令头一句是：

"女儿悲，丈夫一去不回归。"

也许暗示着，蒋玉菡这时已经打算一走了之了，故在走之前设法与宝玉见一面。

第二句是："女儿愁，无钱去打桂花油。"

蒋玉菡一旦逃跑，自然不能再唱戏了，今后的衣食怕是也要发愁。

接下来："女儿喜，灯花并头结双蕊；女儿乐，夫唱妇随真和合。"

这大概可以看作蒋玉菡对逃跑后自由生活的期待吧！

"席上生风"时，蒋玉菡说："这诗词上我倒有限。幸而昨日见了一副对子，可巧只记得这句，幸而席上还有这件东西。"说毕，便饮干了酒，拿起一朵木樨来，念道："花气袭人知昼暖。"

此时，蒋玉菡知道宝玉，而宝玉并不知道他就是琪官，"昨日""可巧""幸而"，没准儿是对宝玉的暗示吧！而"花气袭人知昼暖"一句，可以说呼之欲出了。

蒋玉菡说完，"众人倒都依了，完令，薛蟠又跳了起来"。众人，自然是冯紫英、宝玉、云儿。冯紫英不知道宝玉的丫头叫袭人；云儿知道，但没提；宝玉自然是不说的。等薛蟠说出"袭人可不是宝贝是什么"时，指着宝玉，宝玉还是没说。云儿说了。蒋玉菡起身赔罪。在蒋玉菡说出"花气袭人知昼暖"后，很快，宝玉就出席解手了。

书上写道——

"少刻，宝玉出席解手，蒋玉菡便随了出来。"

在还没有百分之百确认琪官身份时，宝玉拉着他的手，第一句是，"闲了往我们那里去"，这对一般的人，也许是客套的邀请，但对琪官来说，也包含双关的意思："必要的时候，我来找人安排。"

十天后，长史官告状说，"公子也不必掩饰，或隐藏在家，或知其下落"，正和"闲了往我们那里去"能对上。

宝玉和琪官之间，人所共知的，赠汗巾一事，也是薛蟠酒后说宝玉"招风惹草"的证据，这是薛蟠能说的最大尺度了。

"雨打梨花深闭门"，这些天，宝玉又何尝再见过琪官！

想来，宝玉也许是偶然听闻一个优伶想要挣脱被束缚的命运，而同情他、有心帮助他，却被世人认作"引逗"。

可是，宝玉能帮上琪官什么？贾府不可能容许琪官藏身——贾府容得下被抄家的甄府藏匿私财，却不能容许王府的优伶反抗自身命运。

宝玉也无法提供金钱上的资助——他的月钱都不由自己管。能赠人的，不过是一枚扇坠儿、一幅字画之类。为此，倒挨了毒打，落得"流荡优伶"之名。

不过，这并不冤。毕竟，他知道琪官的秘密。匹夫无罪，怀璧其罪；众女嫉余之蛾眉兮，谣诼谓余以善淫，信哉！

秋纹：怡红院的小偷探赜

《红楼梦》第三十七回，袭人要把一个缠丝白玛瑙碟子送给湘云，可突然就找不到了——

因回头见晴雯、秋纹、麝月等都在一处做针黹，袭人问道："这一个缠丝白玛瑙碟子那去了？"众人见问，都你看我我看你，都想不起来。半日，晴雯笑道："给三姑娘送荔枝去的，还没送来呢。"

晴雯是想了半天才想起来的吗？

不是。她是要借这个由头，抖出另一件事。

缠丝白玛瑙碟子，确实在探春那儿。本回开头，探春给宝玉的信中说，"昨蒙亲劳抚嘱，复又数遣侍儿问切，兼以鲜荔并真卿墨迹见赐"。

送荔枝去，自然要用碟子盛着。但为什么拿这个？

袭人道："家常送东西的傢伙也多，巴巴的拿这个去。"晴雯道："我何尝不也这样说。他说这个碟子配上鲜荔枝才好看。我送去，三姑娘见了也说好看，叫连碟子放着，就没带来。你再瞧，那橱子尽上头的一对联珠瓶还没收来呢。"

可见，晴雯不是半天才想起来——当初宝玉特意说这碟子配上鲜荔枝才好看，探春也说好看，有了这两样，碟子在哪儿是会一下子就想起来的。

那，为什么晴雯停了半日才笑着说出碟子的下落呢？

就是为了引出这句：

"你再瞧，那橱子尽上头的一对联珠瓶还没收来呢。"

这一说，就有人心慌了。

秋纹笑道："提起瓶来，我又想起笑话。我们宝二爷说声孝心一动，也孝敬到二十分。因那日见园里桂花，折了两枝，原是自己要插瓶的，忽然想起来说，这是自己园里的才开的新鲜花，不敢自己先顽，巴巴的把那一对瓶拿下来，亲自灌水插好了，叫个人拿着，亲自送一瓶进老太太，又进一瓶与太太……"

看起来云淡风轻，好像是临时想起的"笑话"。在"笑话"中，秋纹解释了联珠瓶的下落——一个在老太太那儿，一个在太太那儿。晴雯之所以半日不说缠丝白玛瑙碟的下落，正是为了引出从秋纹手中消失的联珠瓶。秋纹接着说：

"谁知他孝心一动，连跟的人都得了福了。可巧那日是我拿去的。老太太见了这样，喜的无可无不可，见人就说：'到底是宝玉孝顺我，连一枝花儿也想的到。别人还只抱怨我疼他。'他们知道，老太太素日不大同我说话的，有些不入他老人家的眼的。那日竟叫人拿几百钱给我，说我可怜见的，生的单柔。这可是再想不到的福气。几百钱是小事，难得这个脸面。及至到了太太那里，太太正和二奶奶、赵姨奶奶、周姨奶奶好些人翻箱子，找太太当日年轻的颜色衣裳，不知给那一个。一见了，连衣裳也不找了，且看花儿。又有二奶奶在旁边凑趣儿，夸宝玉又是怎么孝敬，又是怎样知好歹，有的没的说了两车话。当着众人，太太自为又增了光，堵了众人的嘴。太太越发喜欢了，现成的衣裳就赏了我两件。衣裳也是小事，年年横竖也得，却不像这个彩头。"

秋纹成功淡化了旁人对晴雯特特提起的联珠瓶的关注。

晴雯笑道："呸！没见世面的小蹄子！那是把好的给了人，挑剩下的才给你，你还充有脸呢！"

晴雯笑有两重原因，一是笑秋纹拿这事来说，二是笑秋纹拿这事来掩饰联珠瓶。

试想，如果秋纹真的很乐意说被老太太赏钱、被太太赏衣服的事，为什么当初兴冲冲领赏回来时不说？等到现在才说？

秋纹道："凭他给谁剩的，到底是太太的恩典。"晴雯道："要是我，我就不要。若是给别人剩下的给我，也罢了。一样这屋里的人，难道谁又比谁高贵些？把好的给他，剩下的才给我，我宁可不要，冲撞了太太，我也不受这口软气。"秋纹忙问："给这屋里谁的？我因为前儿病了几天，家去了，不知是给谁的。好姐姐，你告诉我知道知道。"晴雯道："我告诉了你，难道你这会退还太太去不成？"秋纹笑道："胡说。我白听了喜欢喜欢。那怕给这屋里的狗剩下的，我只领太太的恩典，也不犯管别的事。"

好衣裳是赏给袭人，应该不难想到。而秋纹故意装作想不到，就把大家的关注点转移得更远了——

众人听了都笑道："骂的巧，可不是给了那西洋花点子哈巴儿了。"袭人笑道："你们这起烂了嘴的！得了空就拿我取笑打牙儿。一个个不知怎么死呢！"秋纹笑道："原来姐姐得了，我实在不知道。我陪个不是罢。"

似乎，联珠瓶的事儿就掩过去了。然而，袭人等着把缠丝白玛瑙碟送给湘云，所以这事儿还没完——

袭人笑道："少轻狂罢。你们谁取了碟子来是正经。"

这时，晴雯没动，秋纹也没动，也没有其他人动。

麝月道："那瓶得空儿也该收来了。老太太屋里还罢了，太太屋里人多手杂。别人还可以，赵姨奶奶一伙的人见是这屋里的东西，又该使黑心弄坏了才罢。太太也不大管这些事，不如早些收来是正经。"

麝月只是因为碟子又想到瓶，但她也没有说现在马上去收，只说"得空儿也该收来了"，而晴雯非常积极——

晴雯听说，便掷下针黹道："这话倒是，等我取去。"

晴雯为什么不着急去取袭人正等着要的碟子，偏要去取并不急着要的瓶呢？——这是吓唬秋纹的。晴雯知道，秋纹在撒谎。果然，秋纹马上坐不住了——

秋纹道："还是我取去罢，你取你的碟子去。"

碟子是晴雯送的，瓶是秋纹送的。任谁去取碟子，晴雯都不怕；但晴雯要去取瓶，秋纹就怕了。

晴雯笑道："我偏取一遭儿去。是巧宗儿你们都得了，难道不许我得一遭儿？"

表面上，是在说"巧宗儿"，实际上，只是不想当众戳穿秋纹，又要吓吓她。

麝月笑道："通共秋丫头得了一遭儿衣裳，那里今儿又巧，你也遇见找衣裳不成？"晴雯冷笑道："虽然碰不见衣裳，或者太太看见我勤谨，一个月也把太太的公费里分出二两银子来给我，也定不得。"

"二两银子"，就是刺袭人了。

说着，又笑道："你们别和我装神弄鬼的，什么事我不知道。"一面说，一面往外跑了。

这里说的"你们"，不单有袭人，还有秋纹。"什么事我不知道"，不仅有二两银子的事，还有联珠瓶的事。于是——

秋纹也同他出来，自去探春那里取了碟子来。

秋纹说是出来取瓶的，但并没有去取瓶，而是同晴雯到探春那里取碟子了。

书上隔了一段后，有一句话证明秋纹没去取瓶：

袭人因问秋纹："方才可见在三姑娘那里？"秋纹道："他们都在那里商议起什么诗社呢，又都作诗。想来没话，你只去罢。"

秋纹说取瓶，却根本没往老太太、王夫人那边去。后来，也再没提联珠瓶的下落。也许，这对瓶在秋纹"前儿病了几天，家去了"的时候，就离开大观园了。

不久后，发生了平儿的虾须镯失窃一事，后来被认定为坠儿偷的。第五十二回——

只闻麝月悄问道："你怎么就得了的？"平儿道："那日洗手时不见了，二奶奶就不许吵嚷，出了园子，即刻就传给园里各处的妈妈们小心查访。我们只疑惑那姑娘的丫头，本来又穷，只怕小孩子家没见过，拿了起来也是有的。再不料定是你们这里的。幸而二奶奶没有在屋里，你们这里的宋妈妈去了，拿着这支镯子，说是小丫头子坠儿偷起来的，被他看见，来回二奶奶的。我赶忙接了镯子，想了一想：宝玉是偏在你们身上留心用意、争胜要强的，那一年有一个良儿偷玉，刚冷了一二年，间还有人提起来趁愿，这会子又跑出一个偷金子的来了。而且更偷到街坊家去了。偏是他这样，偏是他的人打嘴。……"

照大观园的规矩，宋妈妈是无权偷偷翻查丫鬟们的箱子的。第五十八回，小丫头对芳官的干娘说："我们到的地方儿，有你到的一半，还有一半你到不去的呢。"

那么，坠儿偷了镯子，怎么会被宋妈妈看见？还被宋妈妈不声张地拿了回去呢？

之前，有偷玉的良儿；良儿被赶走后，有偷镯子的坠儿；坠儿被赶走后，芳官的蔷薇硝还是有人偷。难道怡红院里这么多偷儿？

坠儿偷镯，麝月也觉得奇怪："这小娼妇也见过些东西，怎么这么眼皮子浅。"

坠儿被撵走，是"变个法子打发出去"的，根本没过问偷镯子的事。

坠儿曾经和一个小丫头关系不错 —— 林红玉。

秋纹是很讨厌林红玉的。

一次，宝玉身边没丫头，要倒茶，红玉跑来倒。秋纹、碧痕进屋，见房中只有宝玉和红玉，心中大不自在。回头秋纹就骂红玉：

"没脸的下流东西！正经叫你催水去，你说有事，倒叫我们去，你可等着做这个巧宗儿。一里一里的，这不上来了。难道我们倒跟不上你了？你也拿镜子照照，配递茶递水不配！"碧痕道："明儿我说给他们，凡要茶要水送东送西的事，咱们都别动，只叫他去便是了。"秋纹道:"这么说,不如我们散了,单让他在这屋里呢!"

好在后来红玉被王熙凤要走了。

第六十回,芳官要取自己的蔷薇硝给贾环——

启盒看时,盒内已空,心中疑惑,早间还剩了些,如何没了?因问人时,都说不知。麝月便说:"这会子且忙着问这个,不过是这屋里人一时短了使了。你不管拿些什么给他们,他们那里看得出来?快打发他们去了,咱们好吃饭。"

因为早间还剩了些,如果是有人临时用,不会整盒都消失。芳官自然疑惑,但麝月这样说,芳官也不好再问了。

那阵子,芳官有心把柳五儿弄进怡红院来。五儿问她有没有把握,芳官笑道:

"难道哄你不成?我听见屋里正经还少两个人的窝儿,并没补上。一个是红玉的,琏二奶奶要去还没给人来;一个是坠儿的,也还没补。如今要你一个也不算过分……"

可是,后来,不仅柳五儿没能进怡红院,连芳官也被赶走了。赶芳官时,王夫人说:

"谁是耶律雄奴?"老嬷嬷们便将芳官指出。王夫人道:"唱戏的女孩子,自然是狐狸精了!上次放你们,你们又懒待出去,可就该安分守己才是。你就成精鼓捣起来,调唆着宝玉无所不为。"芳官笑辩道:"并不敢调唆什么。"王夫人笑道:"你还强嘴。我且问你，前年我们往皇陵上去，是谁调唆宝玉要柳家的丫头五儿了？幸而那丫头短命死了，不然进来了，你们又连伙聚党遭害这园子呢。你连你干娘都欺倒了，岂止别人！"

同芳官一道赶走的，还有四儿。四儿和芳官都是稍受宝玉注意的新人。和当初的红玉是一样的。

王夫人赶四儿时，冷笑道：

"这也是个不怕臊的。他背地里说的，同日生日就是夫妻。这可是你说的？打谅我隔的远，都不知道呢。可知道我身子虽不大来，我的心耳神意时时都在这里。难道我通共一个宝玉，就白放心凭你们勾引坏了不成！"这个四儿见王夫人说着他素日和宝玉的私语，不禁红了脸，低头垂泪。王夫人即命也快把他家的人叫来，领出去配人。

晴雯、芳官、四儿都被赶走后，宝玉开始有点疑心袭人、麝月、秋纹了——

宝玉对袭人说：

"……咱们私自顽话怎么也知道了？又没外人走风的，这可奇怪。"……"怎么人人的不是太太都知道，单不挑出你和麝月秋纹来？"袭人听了这话，心内一动，低头半日，无可回答，因便笑道："正是呢。若论我们也有顽笑不留心的孟浪去处，怎么太太竟忘了？想是还有别的事，等完了再发放我们，也未可知。"

宝玉笑道："你是头一个出了名的至善至贤之人，他两个又是你陶冶教育的，焉得还有孟浪该罚之处！只是芳官尚小，过于伶俐些，未免倚强压倒了人，惹人厌。四儿是我误了他，还是那年我和你拌嘴的那日起，叫上来作些细活，未免夺占了地位，故有今日。只是晴雯也是和你一样，从小儿在老太太屋里过来的，虽然他生得比人强，也没甚妨碍去处。就只是他的性情爽利，口角锋芒些，究竟也不曾得罪你们。想是他过于生得好了，反被这好所误。"说毕，复又哭起来。

宝玉说，"究竟也不曾得罪你们"；其实，晴雯那次说"你们别和我装神弄鬼的，什么事我不知道"，就把袭人、秋纹一并得罪了。

宝玉这疑心，虽然只是对袭人一个说的，但很快，麝月、秋纹都知道了——

当下麝月秋纹已带了两个丫头来等候，见宝玉辞了贾母出来，秋纹便将笔墨拿起来，一同随宝玉进园来。宝玉满口里说"好热"，一壁走，一壁便摘冠解带，将外面的大衣服都脱下来麝月拿着，只穿着一件松花绫子夹袄，袄内露出血点般大红裤子来。秋纹见这条红裤是晴雯手内针线，因叹道："这条裤子以后收了罢，真是物件在人去了！"麝月忙也笑道："这是晴雯的针线。"又叹道："真真物在人亡了！"秋纹将麝月拉了一把，笑道："这裤子配着松花色袄儿、石青靴子，越显出这靛青的头，雪白的脸来了。"宝玉在前只装听不见……

这种心照不宣，是想洗刷去宝玉对她们的疑心吧！

袭人、麝月、秋纹三人中，麝月比较厚道，但麝月对芳官似乎也有些不满。第五十八回——

> 接着司内厨的婆子来问："晚饭有了，可送不送？"小丫头听了，进来问袭人。袭人笑道："方才胡吵了一阵，也没留心听钟几下了。"晴雯道："那劳什子又不知怎么了，又得去收拾。"说着，便拿过表来瞧了一瞧说："略等半钟茶的工夫就是了。"小丫头去了。麝月笑道："提起淘气，芳官也该打几下。昨儿是他摆弄了那坠子，半日就坏了。"

芳官的蔷薇硝被窃，问起来，大家都说不知，麝月打断了，没让她再追究下去。

第六十三回，宝玉突然给芳官改名——

> 因又见芳官梳了头，挽起纂来，带了些花翠，忙命他改妆，又命将周围的短发剃了去，露出碧青头皮来，当中分大顶，又说："冬天作大貂鼠卧兔儿带，脚上穿虎头盘云五彩小战靴，或散着裤腿，只用净袜厚底镶鞋。"又说："芳官之名不好，竟改了男名才别致。"因又改作"雄奴"。

为什么突然提到"冬天"呢？这时候可是四月。

"芳官"之名，为什么宝玉说不好？

围棋中，一盘棋快下完的时候，叫"官子""收官"。此时，是春末夏初，群芳收官时节。芳官改名的前一天，是宝玉生日，寿怡红群芳开夜宴 ——

麝月便掣了一根出来。大家看时，这面上一枝荼蘼花，题着"韶华胜极"四字，那边写着一句旧诗，道是：开到荼蘼花事了。注云："在席各饮三杯送春。"麝月问怎么讲，宝玉愁眉，忙将签藏了，说："咱们且喝酒。"说着，大家吃了三口，以充三杯之数。

"群芳开夜宴"，正是"韶华胜极"之时。次日，就要"芳官"（群芳收官）了。

宝玉说，"冬天作大貂鼠卧兔儿带，脚上穿虎头盘云五彩小战靴"，这是要护花惜花，为花拼死一战，度过"风刀霜剑严相逼"的寒冬。

"芳官"改名"雄奴"，可以看成"对冲"。"芳"常指女性，而"雄"是男性。"芳"和"雄"，"官"和"奴"，是反义词。至于"雄奴二音与匈奴相通"，未必是取名的本意。

第七十八回，宝玉作《姽婳词》《芙蓉女儿诔》，很像是在怀念从怡红院赶走的四个人：林红玉、四儿、芳官、晴雯。《芙蓉女儿诔》是祭晴雯，自不消说。"林四娘"与"林红玉、四儿、芳官"，怕不是巧合。芳官本是正旦。

"开到荼蘼花事了"，这一签，正是麝月掣出的。

之前，才进大观园时，宝玉作诗，"窗明麝月开宫镜，室霭檀云品御香"，是"夏夜"即事。夏夜，也就是春天之后了。

宝玉在《芙蓉女儿诔》中说，"镜分鸾别，愁开麝月之奁；梳化龙飞，哀折檀云之齿"，是提到第二十回宝玉给麝月梳头的故事。

前半句，"镜分鸾别，愁开麝月之奁"——

宝玉在麝月身后，麝月对镜，二人在镜内相视。宝玉便向镜内笑道："满屋里就只是他磨牙。"麝月听说，忙向镜中摆手，宝玉会意。忽听唿一声帘子响，晴雯又跑进来问道："我怎么磨牙了？咱们倒得说说。"麝月笑道："你去你的罢，又来问人了。"晴雯笑道："你又护着。你们那瞒神弄鬼的，我都知道。等我捞回本儿来再说话。"说着，一径出去了。

如今，打开麝月之奁，再不会有晴雯跑进来问"我怎么磨牙了"。

后半句，"梳化龙飞，哀折檀云之齿"——

宝玉拿了篦子替他一一的梳篦，只篦了三五下，只见晴雯忙忙走进来取钱。一见了他两个，便冷笑道："哦，交杯盏还没吃，倒上头了！"宝玉笑道："你来，我也替你篦一篦。"晴雯道："我没那么大福。"说着，拿了钱，便摔帘子出去了。

现在，真应了晴雯那句话，"我没那么大福"。

邢夫人：贾母发飙钩沉

《鸳鸯女誓绝鸳鸯偶》一节，贾母大发雷霆，把王夫人骂得狗血喷头。众人都不敢替王夫人辩解，只有探春——

> 走进来陪笑向贾母道："这事与太太什么相干？老太太想一想，也有大伯子要收屋里的人，小婶子如何知道？便知道，也推不知道。"

有的版本少了最后一句"便知道，也推不知道"，并把前面的"大伯子要收屋里的人"作"大伯子的事"。

有没有最后一句，非同小可。直接牵涉到对贾母情绪变化的理解。

首先要搞清一个基本事实：大伯子贾赦要收鸳鸯，小婶子王夫人是不是早就知道？——"早就"，说的是在老太太知道之前。

很多读者把"小婶子如何知道"理解成反问语气：探春

是在提醒老太太：王夫人哪里知道呢？老太太一想：对噢，原来她不知道，错怪她了！——这就跑偏了，误解了基本事实。

先说说为什么王夫人会提前知道。

王熙凤管家，是在替王夫人管。一般情况下，如果王熙凤不生病，王夫人又在家，王熙凤是要一天跟王夫人碰头两次的：早上请安，如果当天有外出安排，或者别的重要事情，一大早就要向王夫人请示；而当天经手的事项，到了晚上掌灯时分，又要到王夫人处汇报。——这是常态，是"例"。早在《送宫花贾琏戏熙凤》一节，就能看到这个例：

> 至掌灯时分，凤姐已卸了妆，来见王夫人回话……次日凤姐梳洗了，先回王夫人毕，方来辞贾母。

可见，凤姐有什么事情，并不是直接向老太太汇报，而是先向王夫人汇报，需要让老太太知道的，之后再禀告老太太。大的事情，有必要请示老太太的，往往是王夫人出面，或者是凤姐得到王夫人的授意后请示。——这是基本的流程，是规矩。

"贾赦娶鸳鸯"，也是有基本流程的。我们要思考：按照基本流程，该怎样操作。

"贾赦娶鸳鸯"，不归王夫人管，王夫人怎么也管不到她丈夫的哥哥头上。所以，正常流程，是由邢夫人出面向贾母请示。

注意两点：

第一，必须是先向贾母请示，而不是先找鸳鸯私下沟通。——这里说的是正式流程。因为鸳鸯是贾母的人，想要贾母的人，是不能绕过贾母先跟底下的人商量的，那对贾母是很大的冒犯。但在实际操作中，又往往是先私下商量，商量妥了，再走流程，把握就比较大。

第二，按规矩，邢夫人不需要找王熙凤，这事也不该由王熙凤伸头。邢夫人之所以找王熙凤，纯属私下"讨主意"，不是正式流程。

这些，书上都写得很清楚。邢夫人对王熙凤说：

"……我叫了你来，不过商议商议，你先派上了一篇不是。也有叫你要去的理？自然是我说去。……"

邢夫人为什么要在正式走流程之前，做这些事情？

这就要考虑，"贾赦娶鸳鸯"，最大的阻力在哪儿。

千万不要以为，是鸳鸯本人的意志。鸳鸯本人的意志无关紧要。最重要的，是老太太放不放人。只要老太太愿意放人，鸳鸯是一点办法都没有——除了投井。

王熙凤第一时间就指出了关键：

"依我说，竟别碰这个钉子去。老太太离了鸳鸯，饭也吃不下去的，那里就舍得了？……"

她根本就不考虑鸳鸯同不同意。

邢夫人也明白。贾赦安排邢夫人，吩咐的是正常流程——

"……老爷因看上了老太太的鸳鸯，要他在房里，叫我和老太太讨去。……"

贾赦的吩咐，是直接由邢夫人请示老太太，老太太同意，事儿就成了。贾赦并没有安排她去跟凤姐商量——自己娶小老婆，让老婆找儿媳妇商量，不像话嘛！

邢夫人先找凤姐，原因也很明白：

"只是怕老太太不给，你可有法子？"

所以，千万不要以为，是鸳鸯的极力争取决定了最后的局面。重点是，老太太本来就不想放人。

邢夫人找到王熙凤，王熙凤建议的仍然是走正常流程——她内心不希望贾赦能娶到鸳鸯，所以故意提了个失败率很高的建议：

"……依我说，老太太今儿喜欢，要讨今儿就讨去。我先过去哄着老太太发笑，等太太过去了，我搭讪着走开，把屋子里的人我也带开，太太好和老太太说的。给了更好，不给也没妨碍，众人也不知道。"

"给了更好"，是垫氛围的话，王熙凤很清楚，结局将是"不给也没妨碍"。

而邢夫人是不打算走正常流程的，她也清楚这样做的失败率——

"我的主意先不和老太太要。老太太说不给，这事便死了。我心里想着先悄悄的和鸳鸯说。他虽害臊，我细细的告诉了他，他自然不言语，就妥了。那时再和老太太说，老太太虽不依，搁不住他愿意，常言'人去不中留'，自然这就妥了。"

这就是违规操作了。——虽然不符合流程，但有些事情能办成，靠的就是不符合流程。比如，王夫人把袭人从贾母那儿挖过来，也是直接跟袭人沟通，甚至故意瞒了贾母。

邢夫人这样操作，正是老太太骂的"算计""暗地里盘算我"。

老太太不恨贾赦娶小老婆，她对邢夫人说：

"……他要什么人，我这里有钱，叫他只管一万八千的买去，就只这个丫头不能。……"

她恨的，是被小辈儿"暗地里盘算"。

这天晚些时候，表面上看，贾母的气已经消下去，和薛姨妈、王熙凤等人斗牌，还被王熙凤故意点炮逗得笑个不停，但内心里，她还是有深深的愤怒——表现在她冲贾琏的抱怨上。

贾母也笑道："可是，我那里记得什么抱着背着的，提起这些事来，不由我不生气！我进了这门子作重孙子媳妇起，到如今我也有了重孙子媳妇了，连头带尾五十四年，凭着大惊大险千奇百怪的事，也经了些，从没经过这些事。还不离了我这里呢！"

贾母"连头带尾五十四年""从没经过"的事是什么？

可不是什么"鲍二家的"，那点子小事是贾母"哪里记得"的。"从没经过"的，就是今天这事儿，让她"不由不生气"！——小辈目无尊长，"暗地里盘算"老一辈儿。贾母为什么说从"我进了这门子作重孙子媳妇起"？因为自己做小辈儿时，绝不这样。

所以，不要以为老太太气消了——真消了，不会打了半天牌还说"连头带尾五十四年""从没经过"。

既然生气，为什么邢夫人来的时候，她没冲着邢夫人发脾气？而是特地等到其他人都出去了——

贾母见无人，方说道："我听见你替你老爷说媒来了。你倒也三从四德，只是这贤慧也太过了！你们如今也是孙子儿子满眼了，你还怕他，劝两句都使不得，还由着你老爷性儿闹。"

虽然是批评，但脾气远不像冲王夫人时那么大。

这是因为，刚才骂王夫人时，搞了个乌龙，骂得太过。这会儿也就不好再像刚才那样骂了。

乌龙在哪儿？——这件事情上，王夫人没有"暗地里盘算"她。

那为什么贾母一开始以为王夫人也在"暗地里盘

算"她?

因为她发现，王夫人早就知道"贾赦要娶鸳鸯"，却不告诉她——

这天上午，平时不常来的人，竟然都在贾母屋里凑齐了。鸳鸯拉着她嫂子来见贾母的时候——

可巧王夫人、薛姨妈、李纨、凤姐儿、宝钗等姊妹并外头的几个执事有头脸的媳妇，都在贾母跟前凑趣儿呢。鸳鸯喜之不尽，拉了他嫂子，到贾母跟前跪下，一行哭，一行说……

鸳鸯为什么喜之不尽？"可巧"又是什么意思？

"喜之不尽"，表示鸳鸯没想到会来这么多人，这些人在场对她很有利。

"可巧"，表示这不是常态。正常情况下，家里人请个安就走了，薛姨妈、宝钗不是每天都来，执事媳妇们也不会没事凑在这儿不走。

这些人都"可巧"凑来了，说明什么？

说明在老太太知道之前，上上下下的人，已经有不少知道了。那么，除了本来就该出现在这里的"三春"、宝玉之外，其他人的在场，都是王夫人安排的。

贾母最喜欢热闹。这天上午，见这么多人来，以为是来给她请安问好的，是没事惦记着她，所以很高兴。鸳鸯一番哭诉后，贾母突然明白，这帮人根本不是没事儿惦记老太太，是哄她开心——好给邢夫人个机会提要人。

贾母听了，气的浑身乱战，口内只说："我通共剩了这么一个可靠的人，他们还要来算计！"因见王夫人在旁，便向王夫人道："你们原来都是哄我的！外头孝敬，暗地里盘算我。有好东西也来要，有好人也要。剩了这么个毛丫头，见我待他好了，你们自然气不过，弄开了他，好摆弄我！"

"他们"和"你们"，贾母分得很清楚。"要来算计鸳鸯"的，是"他们"——贾赦和邢夫人。而"你们"——王夫人、王熙凤，"原来都是哄我的""暗地里盘算我"。

你们明明知道，"老太太离了鸳鸯，饭也吃不下去"！

而探春一开口，贾母就说，"可是我老糊涂了"，指的是什么？

是贾母发现王夫人之前并不知道吗？——不是的。是贾母明白过来，王夫人和邢夫人，并不是站在一边儿的。

王熙凤知道这事儿后，向王夫人禀告，这很正常。但站在王夫人的角度考虑，她没有任何动力促成这事儿。贾赦和贾政，是一家的两支，鸳鸯如果乐意跑到贾赦那边去，将来老太太的钱，恐怕要多到贾赦那边呢。王夫人有什么动力，帮着邢夫人促成这事儿呢？

薛姨妈和宝钗过来，也可能确实是王夫人请的——王夫人请这些亲戚过来，当着她们的面，邢夫人是不好开口的。

至于执事媳妇们，她们自然也是事前听说了消息——无论从平儿那儿、袭人那儿，还是鸳鸯嫂子那儿，这件事都很容易泄露出去。如果老太太乐意放人，马上就有事要干：老太太这边要补上来个人，贾赦那边要筹备事情，有活干，有钱赏，这些媳妇婆子们聚过来，为的是这事儿。

但是贾母一开始误会了，她以为邢夫人、王夫人商量好了，把底下的媳妇婆子也都安排了，万事俱备，就等她一个开口。——这是大忌，这等于完全把她给架空了。

而探春一提醒，她就明白了：

"这事与太太什么相干？老太太想一想，也有大伯子要收屋里的人，小婶子如何知道？便知道，也推不知道。"

"也有"表示，这类事情，小婶子不一定知道。但探春毕竟不愿意撒谎，所以她说，"便知道，也推不知道"。"便知道"表示，探春觉得王夫人应该是知道的。"也推不知道"则表示，王夫人的最优选择是，装成没这事儿，把自己完全择开。——今天压根儿不出现。

这一招，袭人很会。芳官找宝玉要玫瑰露给柳五儿，袭人是知道的。平儿来问，袭人说，宝玉把玫瑰露给芳官我知道，芳官给了谁我却不知道。实际上，她哪里不知道？这就是"推不知道"。

无论王夫人知道与否，她都可以"推不知道"。

老太太立刻明白过来，所以，后来邢夫人来，老太太对她提起王夫人，说"你兄弟媳妇本来老实"。

明白误会了王夫人后，老太太对薛姨妈说：

"可是我老糊涂了！姨太太别笑话我。你这个姐姐他极孝顺我，不像我那大太太一味怕老爷，婆婆跟前不过应景儿。可是委屈了他。"

薛姨妈只答应"是"，又说："老太太偏心，多疼小儿媳妇，也是有的。"贾母道："不偏心！"

薛姨妈是有点尴尬的。为什么她说"老太太偏心，多疼小儿子媳妇"？——因为，王夫人这么做，毕竟不是最为贾母考虑的。最为贾母考虑的做法，是一大早就来告诉贾母——但那会得罪贾赦和邢夫人，犯不上。

现在，老太太还有一些尚未搞清楚的事实：

在座的人，到底有多少提前知道？

目前贾母能盘算清楚的是：王夫人、薛姨妈、宝钗，是提前知道的；迎春、探春、惜春，是之前不知道的——她们每天都要来请安，今天请完安，李纨留下，她们自然得跟着留下，而且，"大老爷娶小老婆"，没有理由提前告诉她们。至于李纨，老太太觉得她可能知道，因为"李纨一听见鸳鸯的话，早带了姊妹们出去"——探春三人是在窗户外边听的。李纨拉三人出去后，自己又进来了，这也是书上为什么说"李纨、凤姐、宝玉一概不敢辩"。

老太太理解，薛姨妈、宝钗、李纨为什么都不敢替王夫人辩——她们都是提前知道的。

然而，剩下的两个人：宝玉、凤姐，是不是提前知道呢？老太太问宝玉：

"宝玉，我错怪了你娘，你怎么也不提我，看着你娘受委屈？"

谁有资格提醒老太太？——之前不知道的人。否则，你瞒了老太太，还有脸现在提醒吗？

贾母觉得宝玉大概不会提前知道——王夫人没有理由告诉宝玉这事儿。只是贾母想不到，昨天下午，鸳鸯、平儿、袭人在园子里说话，宝玉躲在后面听，宝玉也提前知道了！

那就还剩下一个王熙凤——假如邢夫人是直接找王夫人商量，王熙凤也未必知道的，贾母就笑道："凤姐儿也不提我。"

凤姐回避了老太太的试探，岔开了话题：

"我倒不派老太太的不是，老太太倒寻上我了？"

老太太表面不说，心里还是暗自生气：闹了半天，除了三个孙女和自己，别人都是提前知道的！

赖嬷嬷：将王熙凤一军举隅

《红楼梦》第四十五回，有这么一段：

> 正说着，只见赖大家的来了。接着，周瑞家的张材家的都进来回事情。凤姐儿笑道："媳妇来接婆婆来了。"赖大家的笑道："不是接他老人家，倒是打听打听奶奶姑娘们赏脸不赏脸？"赖嬷嬷听了，笑道："可是我糊涂了，正经说的话且不说，且说陈谷子烂芝麻的混搅熟。因为我们小子选了出来，众亲友要给他贺喜……因此吩咐他老子连摆三日酒：头一日，在我们破花园子里摆几席酒，一台戏，请老太太，太太们、奶奶姑娘们去散一日闷……"

这里面，有三个问题：

第一，赖大家的到底是不是"媳妇来接婆婆来了"？

第二，王熙凤到底知不知道赖大家的是来干吗的？

第三，赖嬷嬷是不是"糊涂了"，把"正经说的话"给忘一边了？

先说第三个，这个最简单。

赖嬷嬷来王熙凤这里之前，干吗去了？

赖嬷嬷笑道："我才去请老太太，老太太也说去，可算我这脸还好。"

可见，赖嬷嬷到王熙凤这儿之前，先去请了老太太。刚请完老太太，又来王熙凤这儿，倒把正经事忘了，唠起闲嗑儿来 —— 有这么健忘吗？

而且，赖嬷嬷刚进屋坐下，大家就"都向他道喜"——道的正是"我们小子选了出来"这件事，赖嬷嬷回到"我也喜，主子们也喜"。李纨马上笑着问："多早晚上任去？"

而等赖嬷嬷唠了一大篇嗑儿，一直唠到"赖大家的来了。接着，周瑞家的张材家的都进来回事情"，赖嬷嬷才笑道"可是我糊涂了"，才说正经事，说完 ——

李纨凤姐都笑道："多早晚的日子？……"

这已经是第二次问"多早晚"了。虽然第一次问的是赖嬷嬷的孙子赖尚荣上任的时间，实际上正是引着赖嬷嬷说出摆酒时间 —— 正常情况下，李纨一问上任日子，赖嬷嬷就会说到几时上任、几时摆酒，而赖嬷嬷硬生生把话题岔开了：

"我那里管他们，由他们去罢！前儿在家里给我磕头……"

赖嬷嬷资格老，别人不好截断她，而李纨和凤姐都忙着，但赖嬷嬷就是不说正事——这可不是忘了，是在等人呢，等的就是她儿媳赖大家的，以及周瑞家的、张材家的都进来。

再想想：赖大家的摆酒，请老太太是赖嬷嬷亲自出面，请王熙凤需不需要赖嬷嬷亲自出面？

不需要。

王熙凤生日之前，老太太提议大家凑份子，来了一屋子人——

乌压压挤了一屋子……地下满满的站了一地。贾母忙命拿几个小杌子来，给赖大母亲等几个高年有体面的妈妈坐了。贾府风俗，年高服侍过父母的家人，比年轻的主子还有体面，所以尤氏凤姐儿等只管地下站着，那赖大的母亲等三四个老妈妈告个罪，都坐在小杌子上了。

赖嬷嬷坐小杌子，王熙凤、尤氏只能站着。可见，请王熙凤，根本用不着赖嬷嬷亲自出马。而且，赖嬷嬷都没亲自去请王夫人，王夫人最后也去了。如果她来的目的就是请王熙凤，那她应该从老太太那儿出来后，先去请王夫人，再到王熙凤这儿，可是，王夫人那儿她压根儿没去。说明什么？

说明，赖嬷嬷来王熙凤这儿，主要不是为摆酒请客的事儿——摆酒请客的事，由他媳妇说就行了。

赖嬷嬷来的真正目的，在她临走时暴露了——

（赖嬷嬷）方起身要走，因看见周瑞家的，便想起一事来，因说道："可是还有一句话问奶奶，这周嫂子的儿子犯了什么不是，撵了他不用？"凤姐儿听了，笑道："正是我要告诉你媳妇，事情多也忘了。赖嫂子回去说给你老头子，两府里不许收留他小子，叫他各人去罢。"

王熙凤真够硬，她明知道赖嬷嬷是为此而来，但既然赖嬷嬷没挑明，她也就跟着装糊涂。难得她说这句话还是笑着。

赖大家的只得答应着。周瑞家的忙跪下央求。赖嬷嬷忙道："什么事？说给我评评。"……

王熙凤说完周瑞儿子如何无理，总结道："这样无法无天的忘八羔子，不撵了作什么！"

赖嬷嬷否决了——

赖嬷嬷笑道："我当什么事情，原来为这个。奶奶听我说：他有不是，打他骂他，使他改过，撵了去断乎使不得。他又比不得是咱们家的家生子儿，他现是太太的陪房。奶奶只顾撵了他，太太脸上不好看。依我说，奶奶教导他几板子，以戒下次，仍旧留着才是。不看他娘，也看太太。"凤姐儿听说，便向赖大家的说道："既这样，打他四十棍，以后不许他吃酒。"赖大家的答应了。周瑞家的磕头起来，又要与赖嬷嬷磕头，赖大家的拉着方罢。

然后他三人去了，李纨等也就回园中来。

我们想：赖嬷嬷在问凤姐之前，知不知道周瑞儿子犯了什么事，要撵他出去？

如果不知道，周瑞家的一声没吭，赖大家的也没提，在场的任何人都没有提到周瑞儿子，赖嬷嬷怎么就知道王熙凤要撵周瑞儿子呢？既然事情赖嬷嬷都知道，还能不知道原因吗？

这正是为什么赖嬷嬷要亲自跑一趟。

只是，赖嬷嬷绝不能显得像是专为说情而来。所以，她并不和赖大家的、周瑞家的一起进来。——她是先来的。

她来的时候，赖大家的、周瑞家的都不在，别人也想不到她是来说情的，都以为是来请客的。——但她不能先说请客，一旦说完请客的事儿，就该走了，所以她必须先扯些闲篇儿，一直等到赖大家的、周瑞家的进来为止。

赖大家的和周瑞家的，也不是一块儿进来的。——如果一块儿，托人说情就很明显了。所以，是赖嬷嬷先来，过了会儿，赖大家的来，紧跟着，周瑞家的、张材家的都进来回事情。

赖大家的来，是不是"回事情"的？

不是。因为赖大家的进来，没有回任何事情。等到赖嬷嬷听完王熙凤的原委，建议她不要撵周瑞儿子后，周瑞家的给王熙凤磕了头，又要给赖嬷嬷磕头，被赖大家的拉住，"然后他三人去了" —— "他三人"是谁？

赖嬷嬷、赖大家的、周瑞家的。

可见，赖大家的这一趟来见王熙凤，没有回任何事情。

我们想想：王熙凤是什么时候做出"撵周瑞儿子"的决定的？做出决定后，正常的流程是什么？

根据王熙凤对赖嬷嬷的解释，周瑞儿子一系列过失中的最后一项是，"人去了，打发彩明去说他，他倒骂了彩明一顿"。可见，是彩明被骂后，回来说给王熙凤，王熙凤才决定"撵他出去"的。

王熙凤是负责决策的，而周瑞儿子是男仆，不是在里面伺候的，是在外头，归赖大管。而王熙凤又不直接见赖大。正常情况下，要由赖大家的传王熙凤的指示给赖大。这也就是王熙凤现在说的 ——

> 凤姐儿听了，笑道："正是我要告诉你媳妇，事情多也忘了。赖嫂子回去说给你老头子，两府里不许收留他小子，叫他各人去罢。"赖大家的只得答应着。周瑞家的忙跪下央求……

所谓"事情多也忘了"，当然是借口。事情是这样的：

周瑞儿子骂彩明，是昨天 —— 也就是王熙凤生日那天的事情。而彩明回王熙凤，是今天。王熙凤说的，"人去了，打发彩明去说他"，也是今天的事情。因为昨天，"人还没去",王熙凤就已经喝多了,提前回房,发现了贾琏和鲍二家的,哭着找到贾母,晚上都是在贾母那儿住的。今天上午,被贾琏领回去,之后才有媳妇们来汇报工作——"鲍二媳妇吊死了"就是这时候回的。

所以,"打发彩明去说周瑞儿子",是今天的事情。今天,王熙凤正在气头上,彩明和周瑞儿子拌了嘴,回来跟王熙凤添油加醋说了几句,王熙凤就要撵周瑞儿子,那么,具体该怎样"撵"?

——吩咐小丫头传赖大家的,等赖大家的来了,叫她回去告诉赖大,两府里都不许收留周瑞儿子。

就这么个流程。

显然,有小丫头第一时间把王熙凤要撵周瑞儿子的事说出去了。于是,周瑞家的赶紧去找赖大家的,或者赖大家的赶紧告诉周瑞家的,碰头一商量——决定请赖嬷嬷出马。正赶上赖家准备请客,赖嬷嬷就借着"摆酒请客"的由头,到王熙凤这儿来了。

现在,可以回答前两个问题了:

第一,赖大家的到底是不是"媳妇来接婆婆来了"?

不是。是王熙凤传她来的嘛——传她来,就是要告诉她"撵周瑞儿子"的决定。这是王熙凤做出"撵周瑞儿子"的决定后,第一次见赖大家的。不然,没有第一次不告诉她的道理。

第二，王熙凤到底知不知道赖大家的是来干吗的?

当然知道嘛，就是她吩咐小丫头传赖大家的来的。只是，赖大家的到的时候，赖嬷嬷正好在——这是赖家婆媳和周瑞家的商量好的，让赖嬷嬷先去，否则，赖大家的先到，王熙凤安排完了，赖嬷嬷才进来，事情就"老了"，再收回，会伤到王熙凤的面子。

因此，王熙凤见到赖大家的进来，并不打算当着赖嬷嬷的面儿提周瑞儿子的事，而赖大家的前脚进来，周瑞家的和张材家的后脚就进来了——她们虽不是一起，却是前后脚:张材家的进来是回事情的;而周瑞家的进来，是王熙凤要通知她对她儿子的处理。但她跟在赖大家的后面进来，又"正巧"赶上赖嬷嬷在场。王熙凤立刻明白了——

闹半天，赖嬷嬷赖着不走，拐弯儿说了一箩筐话，是为求情来了。

于是，王熙凤抢先笑道:"媳妇来接婆婆来了。"

这是暗示赖大家的:你可别问我找你来做什么，你这趟来就是"接婆婆的"。等你婆婆回家后，我再找你。

要注意，王熙凤并不是赖大家的一进来就说她"来接婆婆来了"，而是周瑞家的跟着进来后，才说赖大家的"来接婆婆来了"。

赖大家的笑道："不是接他老人家，倒是打听打听奶奶姑娘们赏脸不赏脸？"

这句话很有水平。有双关的意思。对李纨她们，那些不知道周瑞儿子事的人来说，所谓"赏脸"，就是我们家摆酒，你们来不来赏光？

而对王熙凤、赖嬷嬷来说，还有一层隐含的意思：赖嬷嬷来替周嫂子求情，这个面子琏二奶奶给不给？

这就将了王熙凤一军。

既然该来的都来了，赖嬷嬷就说了摆酒的事儿——显得好像是为了摆酒的事儿来的。赖大家的也就顺势问王熙凤去不去。

凤姐笑道："别人不知道，我是一定去的。先说下，我是没有贺礼的，也不知道放赏，吃完了一走，可别笑话。"

这是王熙凤被将一军后的反击。去肯定得去——后来老太太、王夫人都去了，王熙凤能不去吗？既然去，能不放赏吗？现在只能装成开玩笑说"不放赏"，隐含的意思：你们来找我求情，我吃你们一顿，那也是该的！

赖大家的顺着说笑——先把气氛搞活络了：

"奶奶说那里话！奶奶要赏，赏我们三二万银子就有了。"

"三二万银子"什么概念？王熙凤的月钱才五两。

玩笑也开了，氛围也到了，赖嬷嬷又补了一句：

"我才去请老太太，老太太也说去，可算我这脸还好。"

这就是教育王熙凤了：我这张老脸，老太太都买账呢！

当然，赖嬷嬷不会在说完这句之后，紧跟着就提周瑞儿子的事儿，那就有点儿伤王熙凤的面子了。于是——

说毕，又叮咛了一回，方起身要走，因看见周瑞家的，便想起一事来，因说道：……

这时候，赖嬷嬷好像才注意到周瑞家的存在，于是忽然想起了什么：

"可是还有一句话问奶奶，这周嫂子的儿子犯了什么不是，撵了他不用？"

——从她进门到现在，再没有任何人提过周瑞儿子的事，连周瑞家的都没有。赖嬷嬷这句话，是偶然的吗？

图穷匕首见。

于是，我们回想起她先前唠的闲嗑儿：

"……前儿在家里给我磕头，我没好话，我说：'哥哥儿，你别说你是官儿了，横行霸道的！……你那里知道那"奴才"两字是怎么写的！……你一个奴才秧子，仔细折了福！'……"

"奶奶不知道。这些小孩子们全要管的严。饶这么严，他们还偷空儿闹个乱子来叫大人操心。知道的说小孩子们淘气；不知道的，人家就说仗着财势欺人，连主子名声也不好。恨的我没法儿，常把他老子叫来骂一顿，才好些。"

明面儿上，是在说孙子赖尚荣，实际上，也是在说周瑞儿子。赖嬷嬷举了一圈例子证明，小孩子们淘气挨打是正常的：宝玉淘气挨打，贾政小时候淘气挨打，贾赦小时候淘气挨打，贾敷、贾敬、贾蓉小时候淘气挨打……

说这么多"陈谷子烂芝麻的"，并不是"糊涂了"，一方面是为了显示自己的资格老，另一方面是为了引出后面的建议：

"我当什么事情，原来为这个。奶奶听我说：他有不是，打他骂他，使他改过，撵了去断乎使不得。……依我说，奶奶教导他几板子，以戒下次，仍旧留着才是……"

赖嬷嬷不简单。

红楼子看

世事人情

王夫人：贾母
不约之后

第二十五回：

展眼过了一日，原来次日就是王子腾夫人的寿诞，那里原打发人来请贾母王夫人的，王夫人见贾母不自在，也不便去了。倒是薛姨妈同凤姐儿并贾家几个姊妹、宝钗、宝玉一齐都去了，至晚方回。

人家请贾母，贾母为什么不去？

王子腾夫人，是王夫人的嫂子，和贾政平辈，应该比王夫人年长。但相比贾母，是晚辈。

长辈做寿，晚辈去祝贺，是应当的；别人家的晚辈做寿，自己家的长辈，一般是不去的。如果关系十分亲近，当然也可以去。

王子腾夫人做寿，如果贾母亲自去，就显得贾府太没架子了。如果去了，其他和王子腾平辈的夫人做寿，贾母去不去呢？所以，干脆一律不去。

这和过年走亲戚一样，老人一般待在家里，等着别人上门拜年；去别人家拜年，大多是年轻人带着孩子去。

王夫人、薛姨妈，是王子腾的妹妹。王子腾夫人做寿，请亲戚，其实主要是请王夫人、薛姨妈。王夫人是贾府的人，薛姨妈也寄居在贾府，因此，请柬是递到贾府的。

虽然主要是请王夫人，但贾府有个大家长——贾母。王府的夫人做寿，到贾府请夫人，只请王夫人，不请贾母，绝对不合适。贾母一定要请，而且，请柬上，贾母还必须在王夫人前面。

请贾母，是规矩。贾母去不去是自由的；而不去，是得体的。

只是，这样一来，王夫人也就不太方便去了。

如果王夫人去，王夫人就代表了贾府。有贾母在，王夫人代表贾府去赴宴，用今天的话说，"释放了怎样的信号呢"？

释放了"王夫人接替贾母出席重要场合"的信号。

这不是不可以。但目前，还有点忌讳。我们要注意这还是《红楼梦》的第二十五回。贾母这个时候，在家里还是说了算的。

注意到本回赵姨娘说的话吗？

"了不得，了不得！提起这个主儿来，真真把人气杀，叫人一言难尽。我白和你打个赌，明儿这一分家私要不都叫他搬了娘家去，我也不是个人！"

说的是王熙凤。王熙凤已然如此，如果王夫人再释放出接替贾母出席重要宴请的信号，人家就要议论纷纷了。因此，王夫人不是不想去，也不是不能去，实在是不方便去。所以书中说，"王夫人见贾母不自在，也不便去了"。

对王府来说，当然乐见自己家女儿在贾府权威渐长，但王夫人没有那么受贾政宠爱，况且贾政纳了妾，王夫人就更不敢太张扬了。她之所以学佛，除了丧子之痛的慰藉，也想在面上给人一种"与世无争"的印象。——贾珠的死，背后是不是有人陷害都难说呢。

本回马道婆说，"大凡那王公卿相人家的子弟，只一生长下来，暗里便有许多促狭鬼跟着他"，是非常有道理的。王夫人看着很风光，但不能不隐忍。为了自己，为了宝玉，她都要尽量低调。

这天晚上，贾环故意烫了宝玉，王夫人实在忍不住要骂赵姨娘：

"养出这样黑心不知道理下流种子来，也不管管！几番几次我都不理论，你们得了意了，越发上来了！"

注意她说的，"几番几次我都不理论"。对王夫人来讲，她很清楚自己日渐失宠的事实，虽然贵为正妻，但主要的作用是摆设。从来没见贾政跟她多亲密过 —— 贾政到赵姨娘处歇宿，书上倒是明写的。因此，王夫人内心，总觉得自己对赵姨娘是忍了再忍的。在她看来，贾环烫伤宝玉，正是赵姨娘得寸进尺、一再往自己头上欺压的表现。

这也是她之前为什么让贾环下了学去抄《金刚咒》——她希望这个名义上的儿子能学得良善一点。而抄着经咒的贾环居然去烫宝玉，王夫人明面上不揭穿，王熙凤明面上说"毛脚鸡"，实际上，两人恐怕都清楚这是故意。这故意，虽不是赵姨娘唆使，却勾起她们二人对赵姨娘的恨。

说回请客。

既然王夫人不方便去，薛姨妈就必须得去了。如果王夫人、薛姨妈都不去，王子腾夫人这个寿，面子上就不好看了 —— 两个亲妹妹都不来，成什么样子？

所以，贾母虽然名列请柬最前面，但她最好不去；薛姨妈虽然不是主请对象，却相当有必要去。

王熙凤自然得去。尤其是王夫人不去，王熙凤就更得去了。王夫人去，或王熙凤去，虽然都是代表贾家，但意味不同。王熙凤是晚辈。

贾家三个姊妹、宝钗、宝玉，也都去了。——而且宝玉必须要多喝酒，如果王夫人去了，宝玉少喝一些是可以的。

黛玉是不去的。黛玉跟王家没有亲戚。书上说，"那黛玉见宝玉出了一天的门，便闷闷的，晚间打发人来问了两三遍"。其实，闷不仅是因为宝玉出了一天的门，宝玉平时也出门，但这一次，宝玉是和三姊妹、宝钗、凤姐一块出门，而黛玉不在此列，所以才格外"闷闷的"。

赴宴回来，也很有意思：

> 两人正说着，只见凤姐来了，拜见过王夫人。王夫人便一长一短的问他，今儿是那几位堂客，戏文好歹，酒席如何等语。说了不多几句话，宝玉也来了，进门见了王夫人，不过规规矩矩说了几句，便命人除去抹额，脱了袍服，拉了靴子，便一头滚在王夫人怀里。王夫人便用手满身满脸摩挲抚弄他，宝玉也扳着王夫人的脖子说长道短的。

凤姐先回来的，王夫人一长一短问她，主要问了三样：

第一样，"那几位堂客"——赴宴人员都有谁。王夫人作为王府出来的人，想了解娘家情况，首先问，请客都谁来了。这很关键，从宾客的身份地位上，能最直观地看出家族势力的消长。

第二样，"戏文好歹"。唱戏的排场，甚至比酒席的排场还重要。一个大家族，如果走了下坡路，预算是先从戏文上砍的。

第三样，才是"酒席如何"。这也是经济实力的体现，只是重要性还在前两点之后。

因此，"今儿是那几位堂客，戏文好歹，酒席如何"，通过这三个问题，就可以判断出娘家现在的情况了。

王熙凤先回来的。宝玉过了不多会儿，也回来了。这个次序也重要。宝玉虽然年轻，但他是贾府去赴约的唯一男性。因此，他必须喝酒。从事后情况看，喝得还不少，都上脸了。在宴席上，宝玉要跟人觥筹交错；走了，要被人家拉着手多留一会儿。

宝玉回到家，见到王夫人，先"规规矩矩说了几句"。这是完成了任务，先禀告正事。等几句说完，"便命人除去抹额，脱了袍服，拉了靴子"，又变成贾府受宠的孩子了。

王夫人用手摩挲抚弄宝玉，一方面，是对儿子的爱抚。另一方面，也包含着惆怅和感喟：贾珠死了，宝玉成长起来了——在别人的觊觎中危险地成长，虽然还是孩子，但已经需要作为家族的男子穿戴整齐去赴宴，去喝超过自身酒量的酒，告别孩子的身份，适应未来的角色。做母亲的王夫人，于此百感交集。

戴权：你又吃亏了

《红楼梦》第十三回，秦可卿死了，死的时候太年轻，贾蓉还只是个黉门监生，丧礼写到大牌子上，很没面子。贾珍正发愁——

> 早有大明宫掌宫内相戴权，先备了祭礼遣人来，次后坐了大轿，打伞鸣锣，亲来上祭。

戴权送礼，其实不需要亲自来，礼到，就行了。但他亲自来了。而且，是先派人送了礼，过了会儿，才亲自坐大轿来的。

次序很重要。如果直接带着礼来，要么是和贾府关系很近，要么是身份不怎么贵重。戴权和贾府，关系不算近，戴权又很在意自己的身份，所以先派人打前站，礼送到，随后再来，意味很不同。

领导要到哪里，得先有人打前站，把该带的东西带去，领导随后才到。沈从文《丈夫》里，有个片段可以对比：

巡官查船，看中了船妓老七，巡官当时什么也没说，前脚才离开——大娘刚要盖篷，一个警察回来传话："大娘，大娘，你告老七，巡官要回来过细考察她一下，你懂不懂？"大娘说，"就来么？""查完夜就来。"

几个细节。

第一，用的词叫"考察"。实际上就是让老七陪他睡觉。

第二，这话不能由巡官说——"我等会儿要来考察考察老七"，太不像话。指示要由陪同人员传达下去。但"考察"还得亲自"考察"。

第三，不能当时就传达，也不宜太晚。因为当时是在执行公务。要等他前脚走，后脚让跟班儿来知会大娘一声。既雷厉风行，又公私分明。

第四，"查完夜就来"——表明还是工作第一。同时也是告诉大娘，提前做好准备，他来之前，不要让老七再陪别人了。

《红楼梦》里，戴权先派人送礼，过了会儿，坐大轿来，这一前一后，派头就出来了。

贾珍赶紧招待，聊了两句，提起想给儿子捐官，戴权笑道："想是为丧礼上风光些。"——一句话点中要害。

贾珍忙笑道："老内相所见不差。"戴权道："事倒凑巧，正有个美缺。如今三百员龙禁尉短了两员，昨儿襄阳侯的兄弟老三来求我，现拿了一千五百两银子，送到我家里。你知道，咱们都是老相与，不拘怎么样，看着他爷爷的分上，胡乱应了。还剩了一个缺，谁知永兴节度使冯胖子来求，要与他孩子捐，我就没工夫应他。既是咱们的孩子要捐，快写个履历来。"

简短几句，非常有嚼头儿。

有没有说需要多少钱？没说。但也等于说了。因为另一位"现拿了一千五百两银子，送到我家里"。

为什么是"三百员龙禁尉短了两员"？为什么不是缺一员，也不是缺三员、五员、八员、十员？

因为，缺两员好对标，让你看看另一个是谁买走的，花了多少钱。"襄阳侯的兄弟老三"，是个样板，可以参考。回头无论谁想捐官，都仍然是"短了两员"。

"三百员"，是编制员额。而贾蓉捐的，实际上是候补。第五十三回说了，"龙禁尉候补侍卫贾蓉"。也就是说，他应该是不计入"三百员"这个数的。

另外，有意思的是，"襄阳侯的兄弟老三"。——这个"兄弟"，到底是襄阳侯的亲兄弟，还是同宗同族的兄弟，就不好说了。就像贾芹，也是贾蓉的兄弟。

"现拿了一千五百两银子，送到我家里"，透露两点，一是价格，一千五百两；二是方式，"送到我家里"。

"你知道，咱们都是老相与，不拘怎么样，看着他爷爷的分上，胡乱应了"——"不拘怎么样"，话很活，起码两种含义：一是，要按正常流程，他拿不到这位子；二是，要走正常价格，他拿不到这位子。"看着他爷爷的分上"，一方面是戴权显示资历，另一方面透露出，这人可能确实和襄阳侯没那么近，是远房亲戚。"胡乱应了"表示，对自己来说，不算啥事儿。至于冯胖子，"我就没工夫应他"。为什么"没工夫应"？很值得琢磨。

"永兴节度使冯胖子"是谁？

也许跟冯紫英家有亲戚。

第十回说："冯紫英因说起他有一个幼时从学的先生，姓张名友士，学问最渊博的，更兼医理极深，且能断人的生死。今年是上京给他儿子来捐官，现在他家住着呢。"

不能排除，"永兴节度使冯胖子来求，要与他孩子捐"，其实就是张友士要给儿子捐官。

张友士出得起一千五百两银子吗？另一方面，候补的"龙禁尉"，就是个名头儿。贾珍就是想花钱买个面子，因此无所谓。但张友士，恐怕更想给儿子捐个能迅速回本的官，那么，戴权能提供的空缺就不匹配他的需求了。彼此照会后，戴权也就"没工夫应他"。

贾珍让人写好履历，戴权看了一眼，递给身边小厮，说：

> "回来送与户部堂官老赵，说我拜上他，起一张五品龙禁尉的票，再给个执照，就把这履历填上，明儿我来兑银子送去。"

明面上，是对小厮说，其实是让贾珍听的。"一张五品龙禁尉的票，再给个执照"，"五品"，是级别，"执照"，表示认证。这意在让贾珍核对一下交易信息。"户部堂官老赵""我拜上他"，表示这件事不是自己办的，自己是个"中间人"。

"明儿我来兑银子送去"，两重含义。一方面，你的银子，不是给我，最终是要送到户部老赵那儿的。另一方面，这银子，得由我送到户部，所以你该先送到我家。这和前面"现拿了一千五百两银子，送到我家里"，是一样的。"我家里"三个字，不是可有可无的。

这时，贾珍还有个问题：我该给多少钱？

但这个问题，不能直接问。

人家戴权，从头到尾都没说你该给多少钱，直接说，"既是咱们的孩子要捐，快写个履历来"，接了履历，就安排小厮"回来送与户部"了。你马上提钱，好像人家帮你办事是图这点子钱？不尊重。

所以，现在不能问。

但是呢，"回来送与户部"的"回来"，也很有意思：

究竟什么时候算"回来"，还取决于贾珍的银子什么时候到位。

这时，戴权告辞——来也来过了，事也谈妥了，不告辞干吗呢？贾珍当然要象征性地留饭，但人家哪稀罕你的饭：

> 戴权也就告辞了。贾珍十分款留不住，只得送出府门。临上轿，贾珍因问："银子还是我到部兑，还是一并送入老内相府中？"戴权道："若到部里，你又吃亏了。不如平准一千两银子，送到我家就完了。"贾珍感谢不尽，只说："待服满后，亲带小犬到府叩谢。"于是作别。

节奏很重要。

虽然还没问得多少钱，但也不能立即问。要双方都若无其事，当成这事儿已经完了。人家要走，你留一下，留不住，也就只好送人走，送出门，上了轿，似乎一切都妥，没啥事了。这时候，突然仿佛想起来什么似的：

"银子还是我到部兑，还是一并送入老内相府中？"

这还用问？前面已经两次含蓄表达了，送到家里。贾珍能不知道吗？当然知道。明知而故问，是因为，要问别的问题。

"我该给你多少钱？"

你总不能让别人开口，说你该给我多少钱。但直接问"您看需要多少两银子"，突兀了。所以，不问价格，而问支付方法——这就显得谦卑、委婉。

这一问，戴权接得相当高明——也是因为接过太多次了。他不是直接说"兑到我家"，也不是"一千两银子兑到我家"——因为他前面讲了嘛，银子是要到户部的（不管实际上是不是），所以，他要先讲一句：

"若到部里，你又吃亏了。"

熨帖、在理，处处为人着想。之后，再缓缓补道：

"不如平准一千两银子送到我家就完了。"

"平准一千两"，是个整数。这时候，必须得整数。如果数不整，就显得斤斤计较了。

之前的一千五百两，也是大体的整数，但不如这个更整。也幸好那个是"一千五百两"。如果那个是两千两，这边就难了：也两千，不合适——毕竟是"咱们的孩子"；一千五，也不合适——那边的数更整，显得这边不够随意；一千，和两千差距太大，让"老相与"吃亏太多。

因此，那边一千五，这边一千，钱更少，数更整，更随意，妥妥的。

虽然银子的多少是"不拘怎么样"的，但里头学问不小。

"送到我家就完了"，"就完了"表示"不是个事儿"，等于前面的"胡乱应了"。

戴权行云流水。

老尼：一流的掮客

《红楼梦》第十五回，老尼求王熙凤办事：

"……那时有个施主姓张，是大财主。他有个女儿小名金哥，那年都往我庙里来进香，不想遇见了长安府府太爷的小舅子李衙内。那李衙内一心看上，要娶金哥，打发人来求亲，不想金哥已受了原任长安守备的公子的聘定。张家若退亲，又怕守备不依，因此说已有了人家。谁知李公子执意不依，定要娶他女儿，张家正无计策，两处为难。不想守备家听了此信，也不管青红皂白，便来作践辱骂，说一个女儿许几家，偏不许退定礼，就打官司告状起来。那张家急了，只得着人上京来寻门路，赌气偏要退定礼。我想如今长安节度云老爷与府上最契，可以求太太与老爷说声，打发一封书去，求云老爷和那守备说一声，不怕那守备不依。若是肯行，张家连倾家孝顺也都情愿。"

这个事儿，可不简单。

"长安府府太爷的小舅子李衙内","府太爷",是"知府",相当于现在的市委书记。而且,"长安府"还不是一般的府,相当于现在的直辖市。知府的小舅子,想找财主家要个女儿,财主敢不给吗?哪怕已经收了男方聘礼,一般的男方,也肯定惹不起知府,就会主动把聘礼要回,把亲退了。

但是,事先说定的男方,身份也不简单。他之所以敢连知府的账都不买,是因为他是守备——有军事管理权的人。政府虽然有权力,管得了老百姓,但管不了军队。因此,这看起来是个娶亲的小事儿,其实很不小,是地方政府领导和驻地军队长官之间的冲突。

老尼说,"不想守备家听了此信,也不管青红皂白,便来作践辱骂",辱骂张大财主,但张大财主背后是知府啊。而且"不管青红皂白"就来,说明矛盾不是因为娶亲才有的,是长安府和军队之间本来就存在的冲突。

两方的冲突,中间夹着"张大财主",哪边他都得罪不起,这就麻烦了,"只得着人上京来寻门路,赌气偏要退定礼"。这其实不是"赌气",实在因为,两相比较,更不敢得罪的是长安府。

甚至,这事儿恐怕都未必是李衙内看上了小女金哥。也有可能,是知府故意要拿长安守备开刀,看准了他家定亲,借这事做文章。否则，知府很难允许他的小舅子搞这事 ——知府理亏，如果搞砸，仕途要受牵连，知府不可能不清楚。

因此，知府可能是有的放矢，之前积攒了嫌隙，要借此挑事儿，压守备一头。

守备当然恼火，一定要争这口气，打官司。

长安守备的上司，是长安节度使。要想在这事上拿住守备，非得节度使不可。长安节度使一句话，守备什么状都不敢告了。别说抢一个没过门的媳妇，就是家里死了人，恐怕也只能隐忍。

只是，节度使当然和守备更近。一般来说，守备和知府冲突，节度使通常站在守备这边，偏袒下属。除非是 ——节度使发现知府背后还有势力，朝中有人。

长安府是地方，贾府在京，节度使和中央的关系很微妙。如果长安节度使发现长安知府在中央有靠山，他就不敢轻举妄动了，很可能要牺牲手下的守备，换取知府的谅解。

而守备之所以敢和知府斗，正因为有节度使撑腰。节度使之所以敢撑这个腰，是觉得自己朝中有人 ——这节度使在朝中的重要靠山之一，就是贾府。所以，如果突然发现贾府反过来站在知府一边，节度使、守备马上就瘪了。

这是相当大的事儿啊。

老尼说，"若是肯行，张家连倾家孝顺也都情愿"。张家是能和知府、守备联姻的家庭，是地方豪族，一件事足以让地方豪族倾家荡产，小吗？

凤姐是管内务的，对外面的事没那么熟悉，但她也隐隐觉得这事棘手。于是，她笑道：

"这事倒不大，只是太太再不管这样的事。"

"这事倒不大"，很有意思。就是因为事不小，凤姐才说"倒不大"。真是小事，就直接一句话，"知道了"。

直说管不了，没面子，所以先说"这事倒不大"，再说"只是太太再不管这样的事"。

后半句是实话。王夫人管不了，也不敢插手。所以，即便找到王夫人，也没用。贾政也不会允许家人参与。

贾政一旦介入，就是给自己和家族埋雷，虽然能摆平，但是犯不上——不可能为了一点银子干这个。

贾政非常聪明，猜灯谜，一猜就中，不仅能猜中，还能由文字窥见各人的性情，隐约察觉未来不祥的命运。以他的政治嗅觉，绝不可能卷入这一场无谓的斗争。如果是上面的斗争，把自己牵连进去，那没办法。但两个跟自己关系不大的地方官斗争，把自己牵连进去，没必要。

老尼看王熙凤这样，就说：

"太太不管，奶奶也可以主张了。"

这一方面是奉承，拍了马屁，凤姐不好不受。另一方面，她也在提醒王熙凤，贾家不是只有一个贾政。贾政不管，还有其他人呢。其他人出去，打着贾政的旗号，别人也得卖个面子。

凤姐听说，笑道："我也不等银子使，也不做这样的事。"

以凤姐的个性，是断不肯说"这事我办不来"。但事情确实如此，那就只好打个掩护，说"我也不等银子使"。显得自己有能力办，只是没必要，懒得办。

有时候，人们说出来的东西是要反着听的。说出来的是幌子，是为了遮掩。

戴权和贾珍聊捐官，压根儿不提该多少钱。不提，也恰恰因为钱是关键。所以才说"胡乱应了""没工夫应他"。这里凤姐上来就提钱，恰恰因为这事儿主要不是钱的问题。

净虚听了，打去妄想，半晌叹道："虽如此说，张家已知我来求府里，如今不管这事，张家不知道没工夫管这事，不希罕他的谢礼，倒像府里连这点子手段也没有的一般。"

老尼够狠。

"半晌"，是一次"长考"，是在事情不能推进的地方，绝处求生，想出办法。这个故事最精彩的地方，就是老尼这里的"半晌"和"叹道"。

有一种职业，叫"中间人"。老尼就是中间人。托人办事，彼此都很熟了，可以直接打交道。但很多时候，和请托的人并不熟，就需要"中间人"。

中间人扮演"防火墙"的角色。用经济学的话说，中间人的存在，降低了"交易成本"，减少了"违约风险"。

跟你不熟，收了钱，帮你办了事，如果事情解决得不顺，或者你不满意，翻脸不认账，要把他收钱的事捅出来，他就栽了。所以，你给的钱再多，他都不一定收，也不敢。但是，通过中间人，他就方便收。

你将来想翻脸，他可以说，我根本不认识你，压根儿没收过你一分钱。你拿不出任何他收钱的证据——甚至你连中间人是不是真的把钱交给他了，都不知道。

即便钱退给你，也是通过中间人。需要办事的人，和能办事的人，是不接触的。中间人，一般不会出卖能办事的人。因为要指望他常吃常喝，不会因为一锤子买卖把他捅出来。而一般人找人办事，往往也就是一次。因此，双方没有信任。没有信任，有违约风险，交易成本高，就干不成。而中间人的存在，减少了违约风险，促成了交易，中间人就是靠这个吃饭的。

不是所有人都能当中间人，中间人也需要水平，就是把本来难成的生意撮合成。像这件事，对贾府来说，绝对是赔本买卖。但凡谁去找贾政，这笔生意都是做不成的。找王夫人，也做不成。但是，老尼来找王熙凤，就找对人了。

有些事情，真正有权力的人不愿意插手，但他周围的人——家属、亲戚或者心腹，倒不见得不愿意。

因为，每个人看问题的视角不同，利益也不同。贾政能看到有些事情不能做，有些礼不能收，但贾政的家属有时候就看不到。由于认识上存在偏差，就有望找到突破口。而"中间人"之所以能发挥作用，重要原因之一，就是精准找到这些突破口，让事情朝想要的方向推动。

老尼停半晌后，叹了一句，体现出十足的捎客功力：

"虽如此说，张家已知我来求府里，如今不管这事，张家不知道没工夫管这事，不希罕他的谢礼，倒像府里连这点子手段也没有的一般。"

"倒像"用得很妙。府里到底有没有"这点子手段"？可以说有，也可以说没有。因为这是生意，是买卖，成不成，得看划算不划算。

一块钱的矿泉水，一百块卖给你，买吗？

不买，人家说：倒像百十来块都出不起似的。

——你一上头，就吃钩了。

王熙凤还是有点嫩。小聪明，要误大事的。不过，根源上看，也不是王熙凤糊涂，而是性格，要强的性格。

理智上，王熙凤也知道不方便，但一方面，她只看到表面，不知道背后是地方政府和军队的冲突；另一方面，要强的个性促使她说了下面的话，就上钩了。

这一仗，老尼赢了，王熙凤输了。老尼赢在智商上，或者经验上；但王熙凤不是输在智商上，主要是输在个性上。

老尼搔到痛处，让好强的王熙凤难受。刚才还在被人拍马，现在接不住，马被人一巴掌拍倒在地，难堪得很。

老谋深算的家伙，多半不吃拍马这一套。你用激将法，我就退一步，打个哈哈就过去了。但王熙凤，个性太强了，也缺乏远见。

凤姐听了这话，便发了兴头，说道：

"你是素日知道我的，从来不信什么是阴司地狱报应的，凭是什么事，我说要行就行。你叫他拿三千银子来，我就替他出这口气。"

为什么戴权和贾珍谈，整个回合都不提银子，末了，送出府上轿了，才悠悠说一句"平准一千两"；而凤姐这里上来先说"我也不等银子使"，这时候又说"你叫他拿三千银子来，我就替他出这口气"，好像眼里只有"银子""银子"？

实在因为银子也不是关键，是要用银子来掩饰面子。

现在，有个问题：凤姐要三千两，多不多？

凤姐觉得，这嘴张得不小。张小了，没面子。不久前，贾蓉的五品候补龙禁尉买下来才花一千两，凤姐是知道的，她开口要了个三倍的价钱。之所以开大口，一方面，想把老尼吓回去，自己也就不用对付这难题了；另一方面，开大了，显得自己有本事，能耐，不办小事。

可谁知道 ——

老尼听说，喜不自尽，忙说："有，有！这个不难。"

恐怕王熙凤心下一沉 —— 她还是不熟悉行情，不知道这个事有多大呀。

老尼一听王熙凤的报价，高兴坏了，不仅没有面露难色，还连说两个"有"。这让王熙凤再难改口，只好找补一句：

"我比不得他们扯篷拉纤的图银子。这三千银子，不过是给打发说去的小厮做盘缠，使他赚几个辛苦钱，我一个钱也不要他的。便是三万两，我此刻也拿的出来。"

说实在的，下面的小厮能要几个银子，三两银子就够一个人跑腿还绰绰有余。三五十两散下去，就很大方了。

像王熙凤这样的人，收了钱，总喜欢补一句：都是打点下面人的。真到戴权级别，不会说这话，没意思。

老尼连忙答应，又说道："既如此，奶奶明日就开恩也罢了。"

话很委婉，又包含着犀利：既然您答应了，钱不是问题，您抓紧给办了吧！

但如果那样措辞，是吃不了"中间人"这碗饭的。只有说，"奶奶明日就开恩也罢了"。

事儿虽然揽下了，能办成啥样还没把握呢，不能给人保证，怎么办呢？

凤姐道："你瞧瞧我忙的，那一处少了我？既应了你，自然快快的了结。"

万一不好办，不是自己没本事，前面说了，"凭是什么事，我说要行就行"，真办不妥，那是因为太忙了，没顾上。

老尼不听她这借口：收了三千两，还不抓紧办？比这更要紧的事儿能有几件？——要表达这意思，但措辞上，必须具备资深捐客的专业性：

"这点子事，在别人的跟前就忙的不知怎么样，若是奶奶的跟前，再添上些也不够奶奶一发挥的。只是俗语说的，'能者多劳'，太太因大小事见奶奶妥帖，越性都推给奶奶了，奶奶也要保重金体才是。"

听起来很受用，但句句都藏着机锋，把王熙凤逼到角里了。

奉承的话，里面都是有刀子的。

没办法，第二天一早，凤姐就操心老尼的事儿：

凤姐便命悄悄将昨日老尼之事，说与来旺儿。来旺儿心中俱已明白，急忙进城找着主文的相公，假托贾琏所嘱，修书一封，连夜往长安县来，不过百里路程，两日工夫俱已妥协。那节度使名唤云光，久欠贾府之情，这点小事，岂有不允之理，给了回书，旺儿回来。且不在话下。

整个操弄下来，贾政、贾琏都不知情，王夫人也不知情。凤姐伪造了贾琏书信，送到长安节度使那儿办成的。

长安节度使难道就不怀疑？

他没有太多怀疑的理由。即便是贾政授意，他也不太可能亲自修书，多半还是通过贾琏修书。——这也是一道防火墙。来旺儿平时跟随贾琏，节度使云光可能也见过。那他恐怕就会理解为，确实是贾政的意思。

等于这些人合伙把贾政坑了。

长安节度使接到来旺儿伪造的书信，恐怕有点震动。书上轻描淡写说，"这点小事，岂有不允之理"——虽然不是小事，但要当成小事来处理，不要再扩大影响。

地方首脑和军区长官的争斗，竟让王熙凤收了区区三千两银子摆成一道乌龙。

门子：葫芦庙的大火谁点的？

　　《红楼梦》第四回，葫芦僧判断葫芦案，门子帮贾雨村出谋，贾雨村后来找个由头把他充发了。看上去，似乎是因为门子了解贾雨村在葫芦庙的寒酸经历，但细细琢磨，远非止此。

　　我们按时间线捋。从丫头卖给冯渊开始。

　　头一天，丫头卖给冯渊，拐子收了钱，冯渊要三日后娶过门。

　　这里有疑问。

　　一个外地人，来金陵卖丫头，住在租的房子里，冯渊买了，不把人领走，还要等三天，就不害怕他们跑了？况且，人家卖完，本来也该走了，还在这儿住着，三天的房租你出吗？

　　那，冯渊为什么会这么干？

　　拐子的解释："这冯公子必待好日期来接，可知必不以丫鬟相看。"

就算三天后再办事，就不能先接回家，不同房不就行
了？两间空房对冯渊来说还是不在话下的。

冯渊之所以这么做，是因为他和门子认识。

门子后来对贾雨村说：

"……死鬼买主也深知道。待我细说与老爷听：这个被打之
死鬼，乃是本地一个小乡绅之子，名唤冯渊，自幼父母早亡，又
无兄弟，只他一个人守着些薄产过日子。长到十八九岁上，酷爱
男风，最厌女子。这也是前生冤孽，可巧遇见这拐子卖丫头，他
便一眼看上了这丫头，立意买来作妾，立誓再不交结男子，也不
再娶第二个了，所以郑重其事，必待三日后方过门。"

门子对冯渊，了解得很清楚。冯渊又乐意让已经付过
钱的丫头暂时寄居在门子家，可见两人熟悉。甚至不排除，
"三日后方过门"的建议，就是门子告诉冯渊的，三天后才
是吉日。而等到门子向贾雨村汇报案情的时候，就把这说成
了冯渊的意思。

门子告诉贾雨村："第二日，他偏又卖与了薛家。"

头一天刚收了冯渊的钱，第二天转手卖给薛家——拐
子作为一个外地人，生意成交得很快呀。尤其是，薛家买丫
头，本来并不在计划内。

"……这薛公子原是早已择定日子上京去的，头起身两日前，

就偶然遇见了这丫头。……"

上京日子是早早定下的。如果需要丫头,早就买了,不会等到起身前两日,才匆忙地买。而且,门子说,薛蟠和丫头是"偶然遇见",怎么就这么"偶然"?

如果门子和薛家有联络,就不奇怪了。

贾雨村一开始要发签,门子一个劲儿使眼色。其实,就算贾雨村得罪了贾府、王府,被革职,甚至丢了性命,跟门子又有什么关系呢?门子还可以照样做门子。

而后来,门子对贾雨村说的话,暴露了他为什么要这么做:

"……原凶自然是拿不来的,原告固是定要将薛家族中及奴仆人等拿几个来拷问。小的在暗中调停,令他们报个暴病身亡,令族中及地方上共递一张保呈……"

凭啥门子能"暗中调停"?而且知道"原凶自然是拿不来的"?显然,门子早和薛家联系上了。甚至,早收过薛家好处了。

门子说,"偏生这拐子又租了我的房舍居住"。拐子住在门子那儿,头一天把丫头卖给冯渊,冯渊是门子的熟人;第二天又卖给薛家,薛家又和门子有联络。你说这"偶然"不"偶然"?

拐子人生地不熟的,这么快达成交易,门子功不可没。

薛家买丫头，交完钱就把丫头带走了。之后就算拐子跑了，跟薛家也没有关系——薛家到此并没有做错什么，错的是一个丫头卖两家的拐子和门子。

而这，只是冯渊付钱的第二天。离冯渊娶丫头还有两天。不出意外的话，拐子第二天一早就要跑了（有宵禁不适合连夜跑），等冯渊隔了一天要找，拐子早没影了。薛蟠也带着丫头离开金陵赴京了。冯渊能上哪儿找人呢——冯渊只能找门子的事儿，因为丫头是住在门子家呀。

然而，拐子刚跑，冯家就找到了。说明什么？肯定是门子给冯家报信儿了。

因此，丫头卖给冯家、薛家，都是门子中间牵线。拐子跑后，被两家拿住，也是门子提供了行踪。

门子做这些，对自己有什么好处？

不要忘了，门子是个"中间人"，捐客。介绍交易，人家要给他"中介费"；拐子跑后，他去报信，人家也不能不酬谢。

这门子逢人就吃，吃冯渊，吃薛蟠，还吃拐子。

有个细节需要注意——门子告诉贾雨村：

"……谁知又不曾走脱，两家拿住，打了个臭死，都不肯收银，只要领人。……"

"两家拿住"值得琢磨。薛家买丫头，当时就留下人了。

付了钱，带走了丫头，拐子该走走，还拿他干什么？要拿拐子的是冯家。

因此知道，冯家得知拐子跑了，不是先找到拐子，再去的薛家，而是先去薛家，再两家一起找到拐子拿住。

没找到拐子，先去薛家——冯家怎么知道丫头又被卖给薛家了？显然，还是门子透的信儿。

冯家找薛家要人，是不合适的——只有找卖家要的道理。

薛家势力那么大，也没有直接和冯渊交易，而冯渊居然去到薛家抢人，恐怕里面也有门子的挑唆。

经过门子挑唆，冯渊和薛家斗起来，被打一顿，抬回去，过三天，死了。

现在，回过头想：拐子到了金陵，这么大个城市，租房的不知有多少，为什么刚好住到了门子家？而且，门子说："这一种拐子单管偷拐五六岁的儿女，养在一个僻静之处，到十一二岁，度其容貌，带至他乡转卖。"——他对拐子的作案手段很熟悉，他怎么知道的？

一般的拐子，会告诉房东自己是拐子？

况且，甄英莲从五岁被拐，到这时候，隔了七八年。五岁的孩子和十二三岁差别多大呀，又背井离乡，真能凭着"眉心一点胭脂痣"就认出来？

而拐子也敢把丫头留在门子家，自己出去——门子说，"那日，拐子不在家，我也曾问她"——可见，拐子和门子，并不陌生。

这就可怕了。

七八年前，甄士隐家的英莲是怎么丢的？葫芦庙的大火是怎么起的？

想必，门子难洗清个中嫌疑吧！

逢人就吃的门子，碰见贾雨村，竟然也想吃。先前屡屡得手，让他胃口越来越大，飘了。注意他说的这句：

"老爷真是贵人多忘事，把出身之地竟忘了。不记当年葫芦庙里之事？"

雨村听了，如雷震一惊……

门子笑道："老爷当年何其明决，今日何反成了个没主意的人了！小的闻得老爷补升此任，亦系贾府王府之力……"

所谓"葫芦庙之事""何其明决"，书上没有明写，恐怕不是什么好事。况且，贾雨村是怎么升上来的，门子明讲出来，不是门子傻，不通世故——实在是他要让老板明白，自己知道的事情可不少呢。

这还得了？

门子想把底层社会的一套规则，照搬到上层社会，以为同样奏效，这就犯了致命错误，被充发，都是轻的了。

贾赦：八月十五的两个笑话

酒桌上讲笑话，很多时候不是讲笑话，而是考试，考验人的情商。尤其是在分尊卑大小的酒桌上。

《红楼梦》第七十五回，中秋节饮酒，击鼓传花。贾母说，传到谁手里，罚酒一杯，讲个笑话。上来第一个输的，就是贾政。

贾政这个人，看起来一脸严肃，根本就不像会讲笑话的。讲笑话是有讲究的，一般来说，好的笑话，要么是反差，要么是讽刺。刘姥姥进大观园，之所以让大家笑了那么多次，主要是反差。而贾母以前讲的"猴儿尿"的笑话，意在讽刺，讽刺的是王熙凤。

一般来说，要讽刺在场的人，笑话的效果更好。但这就带出了难题：每个讲笑话的人，都不得不考虑一个问题，我有资格讽刺在场的谁？

为什么"讲笑话"是贾母提的？因为她在这方面有绝对优势——在场的人，她想讽刺谁，就可以讽刺谁，百无禁忌。而底下的人，对不起，你看看周围，有哪个是你方便讽刺的呢？

所以说，轮到贾政讲笑话，贾母一看周围，没有贾政能讽刺的人：贾政总不能去讽刺贾赦吧？也不能去讽刺那些女眷吧？也不能去讽刺小孩吧？——要讽刺比自己强大的人才好。强者对弱者的讽刺不是讽刺。那贾母"猴儿尿"的笑话为什么能成立？因为她讽刺的是最伶俐的人。而伶俐是一个人的优势。王熙凤在众多媳妇中，占据了这优势，所以成为被讽刺的对象。

现在，贾政很难在现场找出适合自己讽刺的人选，贾母就觉得，他这个笑话是说不好了，于是补了句："若说的不笑了，还要罚。"贾政——

因笑道："一家子一个人最怕老婆的。"才说了一句，大家都笑了。因从不曾见贾政说过笑话，所以才笑。贾母笑道："这必是好的。"贾政笑道："若好，老太太多吃一杯。"贾母笑道："自然。"

第一句逗得大家笑，不是因为讽刺，而是因为反差——大家都没见过贾政说笑话。但这种反差不会持续到第二句，要想笑话成立，还是要有讽刺。那么，讽刺谁呢？

"一家子一个人最怕老婆的"——在座的人，都不符合。这是讨巧的做法，讽刺不在场的人，既然被讽刺的人不在场，笑话的效果自然要打折扣。贾政接着讲：

"这个怕老婆的人从不敢多走一步。偏是那日是八月十五，到街上买东西，便遇见了几个朋友，死活拉到家里去吃酒。不想吃醉了，便在朋友家睡着了，第二日才醒，后悔不及，只得来家赔罪。他老婆正洗脚，说：'既是这样，你替我舔舔就饶你。'这男人只得给他舔，未免恶心要吐。他老婆便恼了，要打，说：'你这样轻狂！'唬得他男人忙跪下求说：'并不是奶奶的脚脏。只因昨晚吃多了黄酒，又吃了几块月饼馅子，所以今日有些作酸呢。'"

这个笑话本身，勉勉强强——讽刺了一个怕老婆的男人，没有得罪在场的所有人，因此效果也就不强烈。但这笑话，真正高明的地方在于，它是个引子。它提到八月十五、黄酒，和眼前的景都能对上。于是，画龙点睛的一笔，就留给贾母来完成了——

说的贾母与众人都笑了。贾政忙斟了一杯，送与贾母。贾母笑道："既这样，快叫人取烧酒来，别叫你们受累。"

我们注意，这里面最要紧的一个字，又是特别不显眼的：忙。

贾政为什么"忙"斟一杯？——如果等缓过一阵儿再斟，这个笑话就续不上了。贾政刚讲了八月十五吃黄酒的笑话，随即斟一杯黄酒送与贾母，贾母就十分容易把笑话续上，续出画龙点睛的一笔。

因为贾母一句话，贾政、贾赦这两个儿子，成了被讽刺的对象。贾赦、贾政是这个府上的老爷，是强权的一方。现在，一堆小辈，看到强权的一方被讽刺，笑话的效果自然达到了。贾赦也不会觉得被冒犯——他并不是怕老婆的人。如果贾赦怕老婆，这个笑话就不能讲了。

这是贾政非常高明的地方。他设计了一个精巧的笑话，又把临门一脚送给贾母。贾母自然高兴。

第二个讲笑话的，是宝玉。

但宝玉很难讲——在座各位，他能讽刺谁呢？如果单纯从笑话的角度看，最成功的笑话，只有讽刺他爹贾政。宝玉——

因想："说笑话倘或说不好了，又说没口才，连一笑话不能说，何况别的，这有不是。若说好了，又说正经的不会，只惯油嘴贫舌，更有不是。不如不说的好。"乃起身辞道："我不能说笑话，求再限别的罢了。"

这是最正确的做法。宝玉是断不肯讲一个讽刺他爹的笑话的。贾政就命他写了首诗，这也是宝玉和贾政之间的默契。宝玉说"求再限别的"，也很得体，他总不能说"我即席赋诗一首就完了"——那太逞能了。所以他要恳求"再限别的"，这"别的"，不用说，肯定是作诗。但"作诗"两个字，断不能由他主动提出。

> 贾政道："既这样，限一个'秋'字，就即景作一首诗。若好，便赏你；若不好，明日仔细。"贾母忙道："好好的行令，如何又要作诗？"贾政道："他能的。"贾母听说，道："既这样就作。"命人取了纸笔来。

这里很有意思。贾政出的题目，难度不大。而贾母是分辨不出来难易的，生怕宝玉被吓着了，贾母这个地方的"忙"字很好。这里的"忙"，和上面"贾政忙斟了一杯，送与贾母"的"忙"呼应，一者体现出来儿子对母亲的孝心，一者体现出来奶奶对孙子的爱心。贾政自然知道这个难不住宝玉，直接就说"他能的"，贾母才批准作诗的替代方案。

> 贾政道："只不许用那些冰玉晶银彩光明素等样堆砌字眼，要另出己见，试试你这几年的情思。"宝玉听了，碰在心坎上，遂立想了四句，向纸上写了，呈与贾政看，道是：……

贾政把节奏拿捏得很对。他没有在贾母批准之前，说出更具体的要求——一旦说出，恐怕贾政解释"他能的"，贾母也要怀疑。如果不加这些限制，贾政的题目也就有点俗了，太小儿科了。加了限制，也就是所谓的"白战诗"了。白战诗，是说咏雪，不要用一个"白"字，也不要用和

"白"近似的字眼儿。

宝玉写的是七绝。口占，基本上都是七绝。宝玉现在也是口占。但他毕竟不适合开口吟诵出来——在老爹面前，要保持低调。所以还是提笔写到纸上。

贾政看了，点头不语。贾母见这般，知无甚大不好，便问："怎么样？"贾政因欲贾母喜悦，便说："难为他。只是不肯念书，到底词句不雅。"贾母道："这就罢了。他能多大，定要他做才子不成！这就该奖励他，以后越发上心了。"贾政道："正是。"因回头命个老嬷嬷出去吩咐书房内的小厮，"把我海南带来的扇子取两把给他。"

这里写贾母和宝玉之间的感情，却是通过贾母和贾政的对话呈现。贾母察言观色，觉得不会太差，才问"怎么样"。而贾政想让贾母高兴，也就极力夸奖宝玉，但贾政极力的夸奖，也只是一句"难为他"。贾母的"罢了"，也是顶格的评价了。贾母吃到最好吃的东西，会用"罢了"两个字评价。

宝玉忙拜谢，仍复归座行令。当下贾兰见奖励宝玉，他便出席也做一首递与贾政看时，写道是：……贾政看了喜不自胜，遂并讲与贾母听时，贾母也十分欢喜，也忙令贾政赏他。于是大家归坐，复行起令来。

贾兰是主动要求作诗的。他和贾政是爷孙，是隔代人。

类似宝玉和贾母的关系。所以贾兰并不怎么怕贾政。贾政对贾兰也绝不像对宝玉那样严厉。宝玉的诗，显然要比贾兰好太多，贾政的反应只是点头不语，还说"到底词句不雅"。而对贾兰的诗，贾政是"喜不自胜"，并且主动讲给贾母听——宝玉是从来没有享受过这待遇的。

这也就看出来，隔代人因为距离带来的疼爱和尊重。贾政之所以对宝玉严厉，说到底是因为他和宝玉年龄还没有差太大，关系太近了。如果宝玉是他的孙子，想必定是疼爱有加的。另外，贾政"喜不自胜"，还有一个潜在原因——贾兰的父亲贾珠，早已去世了。

贾兰作完诗，继续行令。这次轮到贾赦讲笑话。

就怕货比货。贾赦一讲笑话，我们就看出来他和贾政的差距有多么远。

这次在贾赦手内住了，只得吃了酒，说笑话。因说道："一家子一个儿子最孝顺……"

这开头第一句，就比贾政的差了十万八千里。他说的"最孝顺的儿子"，是要跟自己对标的。这就不是讲笑话了。

"偏生母亲病了，各处求医不得，便请了一个针灸的婆子来。这婆子原不知道脉理，只说是心火，如今用针灸之法，针灸针灸就好了。这儿子慌了，便问：'心见铁即死，如何针得？'婆子道：'不用针心，只针肋条就是了。'儿子道：'肋条离心甚远，怎么就好？'婆子道：'不妨事。你不知天下父母心偏的多呢。'"

作为笑话本身，这算是及格的——里面包含讽刺，也讽刺了在场的人，就是贾母。但作为酒桌上考验情商的笑话，就太失败了。

贾赦有讽刺贾母的资格吗？在这种场合讽刺贾母，讲了一个让贾母扎心的笑话，还觉得自己是"一个儿子最孝顺"，这真是笑话了！

众人听说，都笑起来。贾母也只得吃半杯酒，半日笑道："我也得这个婆子针一针就好了。"

跟刚才一样，贾母也是接了一句。这句也是讽刺，但这讽刺，却一点都不好笑，倒显得扎心了。贾赦的笑话让众人笑，贾母是笑不出来的——她很难受，又不好发作，只好吃半杯酒，又停半日。贾母这里吃酒，吃的是半杯，和刚才贾政忙斟一杯递过来，她欢喜地喝下去是很不一样的。这里的吃酒，和一个人要控制和掩饰情绪时喝水的动作一样，要做点什么来遮掩难堪。半日，才稍稍平复。"半日"和贾政的"忙"形成反差。

事情并没有完。随后又发生了些别的。喝完酒，贾赦回去的路上，被石头绊住，踮了腿。贾母听说，忙命两个婆子快看去，又命邢夫人快去。后来，两个婆子回来，说没有大碍——

贾母点头叹道："我也太操心。打紧说我偏心，我反这样。"因就将方才贾赦的笑话说与王夫人尤氏等听。

这个时候，贾母才点头叹气，是因为她先前被贾赦笑话带来的难受，因为半天的揪心而冲淡了：被儿子讽刺两句，总好过儿子受了伤呀！——贾母是个信因果报应的人，没准儿在操心等待的时间里，还在想：是不是因为自己的生气，才让老天爷惩罚儿子，让他崴了这一脚。两个婆子总算回来了，告诉她，你儿子没啥事，贾母才放心下来，再想到前面的笑话，和自己的操心，难免要叹一口气。

在这之前，贾母是不会给王夫人、尤氏讲那个"扎心"的笑话的。现在，到底还是原谅了儿子，又忍不住为自己哀怜，也就讲了出来。这是一个作为母亲的女人，向另外两个作为母亲的女人，讲述母亲的不容易。

曹雪芹这中秋节的笑话，讲的不是笑话，而是人世间的悲辛。

贾环：灰孙子是谁？

《红楼梦》第五十四回，王熙凤讲了个笑话，但是没响。

讲笑话要看对象。两个人是不是般配，能不能合得来，就看彼此能不能听懂对方的笑话。你抛一个梗，我能接住，我们就是一路的。

在这一场宴席的前面，王熙凤就调侃过宝玉一句。

宝玉给众人斟酒，李婶、薛姨妈、邢夫人、王夫人、姐姐、妹妹，都斟了，大家都饮了。偏偏斟到林黛玉，黛玉拿起杯子放在宝玉唇边，宝玉一气饮干。

凤姐儿便笑道："宝玉，别喝冷酒，仔细手颤，明儿写不得字，拉不得弓。"宝玉忙道："没有吃冷酒。"凤姐儿笑道："我知道没有，不过白嘱咐你。"

凤姐说的"冷酒"，不是宝玉理解的冷酒。宝玉理解的冷酒就是冷酒，凤姐说的冷酒，是《水浒》里面潘金莲劝武松喝酒的时候，让武松不要吃冷酒的那个冷酒。这个笑话要是对贾蓉说，贾蓉早就懂了，但宝玉不懂。反而让王熙凤空放一枪，还得找补一句。

这天是正月十五，一家子团圆，贾母先讲了个笑话，编派王熙凤，说十房媳妇里，最伶俐、最心巧嘴乖的，是吃了猴儿尿那个。王熙凤马上笑道：

"好的，幸而我们都笨嘴笨腮的，不然也就吃了猴儿尿了。"

这就是主动喝了一口猴儿尿。

接下来，轮到王熙凤讲笑话了。

凤姐儿想了一想，笑道："一家子也是过正月半，合家赏灯吃酒，真真的热闹非常，祖婆婆、太婆婆、婆婆、媳妇、孙子媳妇、重孙子媳妇、亲孙子、侄孙子、重孙子、灰孙子、滴滴搭搭的孙子、孙女儿、外孙女儿、姨表孙女儿、姑表孙女儿……嗳哟哟，真好热闹！"众人听他说着，已经笑了，都说："听数贫嘴，又不知编派那一个呢？"

我们在聊贾政、贾赦的笑话那篇就聊过，笑话是要调侃、讽刺的，而且最好是讽刺在场的人。王熙凤这么开场，大家就都知道，她说的就是现在的一大家子人。于是猜到，她要编派其中的一个，就都说："又不知编派那一个呢！"

其实，王熙凤打算编派两个。一个明的，一个暗的。暗的，是贾环。

贾环这天晚上也到了。王熙凤讲笑话的时候，他还没走，是在场的人。此前——

贾珍在先捧杯，贾琏在后捧壶。虽祇二人奉酒，那贾环弟兄等，却也是排班按序，一溜随着他二人进来，见他二人跪下，也都一溜跪下。宝玉也忙跪下了。

后来，换去暖阁，一拨儿男人走了，当中没有贾环：

贾母便说："珍哥儿带着你兄弟们去罢，我也就睡了。"贾珍忙答应，又都进来。贾母道："快去罢！不用进来，才坐好了，又都起来。你快歇着，明日还有大事呢。"贾珍忙答应了，又笑说："留下蓉儿斟酒才是。"贾母笑道："正是忘了他。"贾珍答应了一个"是"，便转身带领贾琏等出来。二人自是欢喜，便命人将贾琮贾璜各自送回家去，便邀了贾琏去追欢买笑，不在话下。

走的是谁？贾珍、贾琏、贾琮、贾璜。贾珍、贾琏去追欢买笑去了，命人把贾琮、贾璜送回家。贾环既不可能跟贾珍、贾琏去买笑，也没有像贾琮、贾璜那样被送回家——而且，一般来说，宝玉、贾兰同时在场的时候，贾环也会夹在中间。可见，贾环跟着宝玉、探春、贾兰、贾菌一起，进了暖阁。

王熙凤刚才念的一串称呼，我们再听一遍：

"祖婆婆、太婆婆、婆婆、媳妇、孙子媳妇、重孙子媳妇、亲孙子、侄孙子、重孙子、灰孙子、滴滴搭搭的孙子、孙女儿、外孙女儿、姨表孙女儿、姑表孙女儿……"

里面有个骂人的——灰孙子。这就是说贾环呢。

祖婆婆，是贾母；太婆婆，是王夫人；婆婆，是邢夫人。这是站在王熙凤的角度称呼的。下面是站在贾母的角度上称呼：媳妇，是王夫人；孙子媳妇，是李纨、王熙凤；重孙子媳妇，是贾蓉老婆；亲孙子，是宝玉；侄孙子，是贾珍；重孙子，是贾兰；灰孙子——这个就是贾环；滴滴搭搭的孙子，是说贾琮、贾璜——他们是远一点的亲戚，而且已经走了，不在场，王熙凤是很势利的；孙女儿，是迎春、探春、惜春；外孙女，是林黛玉；姨表孙女儿，是薛宝钗、薛宝琴；姑表孙女儿，是史湘云。

宝玉和贾环，都是贾母的孙子，既不是滴滴搭搭的孙子，也不是侄孙子，那么，在孙子辈里面，除掉滴滴搭搭的孙子和侄孙子，只剩下两个称呼：亲孙子、灰孙子。王熙凤显然是说宝玉是亲孙子，贾环是灰孙子。——赵姨娘生的，灰不溜秋没有存在感的家伙。

赵姨娘今天晚上没有来——

贾母也曾差人去请众族中男女，奈他们或有年迈懒于热闹的；或有家内没人不便来的；或有疾病淹缠，欲来竟不能来的；或有一等妒富愧贫不来的；甚至于有一等憎畏凤姐之为人而赌气不来的；或有羞口羞脚，不惯见人，不敢来的：因此族众虽多，女客来者只不过贾菌之母娄氏带了贾菌来了……

赵姨娘是"憎畏凤姐之为人而赌气不来的"一等。

于是，凤姐就嘟噜了一大串，把"灰孙子"夹在里面骂人，当个笑话讲。但这种笑话，是不能明面点透的——那就太不像话了。所以，凤姐在明面上还要再放个笑话，让大家听那个笑话去。所以说凤姐要编派两个人。

另外一个人，编派谁好呢？我们就想：凤姐有资格当众讽刺谁？——一般来说，跟谁关系近，拿谁开涮就没问题。这里面，凤姐最能开涮的，有两个：贾蓉、尤氏。但拿贾蓉讲笑话，恐怕就要带点儿荤，场合不合适——老太太、邢夫人、王夫人、薛姨妈和姐妹们都在场，所以，明面上，她最好是编派尤氏。没想到，她还没来得及往下说——

尤氏笑道："你要招我，我可撕你的嘴！"

被尤氏事先点破了。

凤姐儿起身拍手笑道："人家费力说，你们混，我就不说了。"

"起身拍手"，表示笑话讲完了，暗示想编派的就是尤氏——把骂贾环灰孙子的点给遮住了。

贾母没意识到，笑道：

"你说你说，底下怎么样？"凤姐儿想了一想，笑道："底下就团团的坐了一屋子，吃了一夜酒就散了。"众人见他正言厉色的说了，别无他话，都怔怔的还等下话，只觉冰冷无味。

但有一个人，心里还抓住她刚才的笑话不放 ——

史湘云。

史湘云看了他半日。

这"半日"里，气氛是有点尴尬的。王熙凤只能自己打破僵局：

"再说一个过正月半的。几个人抬着个房子大的炮仗往城外放去，引了上万的人跟着瞧去。有一个性急的人等不得，便偷着拿香点着了。只听'噗哧'一声，众人哄然一笑都散了。这抬炮仗的人抱怨卖炮仗的扦的不结实，没等放就散了。"

这个笑话，也是现编的，是对前面的解释。炮仗，是说王熙凤。大家都等着她讲大笑话，但是没听见笑话响。

"性急的人"，是尤氏，也是贾母。"抱怨卖炮仗的扦的不结实"的人，是指觉得笑话不好笑、冰冷无味的人。实际上也就是在场几乎所有人。——王熙凤这第二个笑话，依然冰冷无味，她要讽刺所有听不懂她笑话的人"聋"，虽然"聋"字目前还没讲出来。而史湘云抢上去，主动当了"聋子"。

湘云道："难道他本人没听见响？"凤姐儿道："这本人原是聋子。"众人听说，一回想，不觉一齐失声都大笑起来。

其实，湘云是对的，王熙凤这个"聋子放炮仗"的笑话，毫无逻辑，漏洞百出——放炮仗，是图听个响，聋子听不见响，他放什么炮仗？而且，聋子难道不知道自己聋吗？既然知道，还会去抱怨炮仗不响吗？更何况，自己点的炮仗，还要等到响了才知道炮仗点了？——所以说，"聋子"的设定，在逻辑上根本不通。

但王熙凤的笑话，本来也不讲什么逻辑，就是绕弯骂人——谁听不懂我的笑话，说明谁聋。这一点大家倒都明白。

后面放烟火的时候：

湘云笑道："我不怕。"宝钗等笑道："他专爱自己放大炮仗，还怕这个呢。"

"放大炮仗"，也双关她刚才接王熙凤的话："难道他本人没听见响？"

人家让王熙凤再讲讲前面的笑话，王熙凤没法解释，只好——

将桌子一拍，说道："好罗唆，到了第二日是十六日，年也完了，节也完了，我看着人忙着收东西还闹不清，那里还知道底下的事了。"众人听说，复又笑将起来。

这是笑王熙凤的表演，内容并不好笑。

凤姐儿笑道："外头已经四更，依我说，老祖宗也乏了，咱们也该'聋子放炮仗——散了'罢。"尤氏等用手帕子握着嘴，笑的前仰后合，指他说道："这个东西真会数贫嘴。"贾母笑道："真真这凤丫头越发贫嘴了。"

这一回，"聋子"就不再是泛指所有听不懂她笑话的人，而是专指贾母了，"聋子放炮仗"，也就是说贾母放自己回去歇着。说贾母聋，大家都听得懂，贾母也不生气，因为贾母并不聋。

王熙凤先后说了四次"散了"："吃了一夜酒就散了"，"众人哄然一笑都散了"，"没等放就散了"，"咱们也该'聋子放炮仗——散了'罢"。

看起来"嗳哟哟，真好热闹"，而结局是"散了"，贾家就是这么一个笑话。

秦钟：白日行房的背后

《红楼梦》第七回，名叫"送宫花贾琏戏熙凤，宴宁府宝玉会秦钟"，但整回里，贾琏只出现一次，而且是侧面，连人影儿都没见到——是在周瑞家的耳朵里：

走至堂屋，只见小丫头丰儿坐在凤姐房门槛上，见周瑞家的来了，连忙摆手儿叫他往屋里去。周瑞家的会意，忙蹑手蹑足往东边房里来，只见奶子正拍着大姐儿睡觉呢。周瑞家的悄问奶子道："姐儿睡中觉呢？也该请醒了！"奶子摇头儿。正说着，只听那边一阵笑声，却有贾琏的声音。接着房门响处，平儿拿着大铜盆出来，叫丰儿舀水进去。

拿大铜盆，舀水，干什么？

——行完房了，要擦洗一番。

这就是回目"贾琏戏熙凤"的含义。

接下来——

平儿便到这边来，一见了周瑞家的便问："你老人家又跑了来作什么？"周瑞家的忙起身，拿匣子与他，说送花儿一事。平儿听了，便打开匣子，拿了四枝，转身去了。半刻工夫，手里拿出两枝来，先叫彩明吩咐道："送到那边府里给小蓉大奶奶戴去。"次后方命周瑞家的回去道谢。

这也表示，确实行完房了，否则，平儿不可能马上进去——她会留下花，打发周瑞家的先回去。

现在，思考一个问题：这次行房，是贾琏提的，还是凤姐提的？

凤姐很忙。

这天上午，贾府收到江南甄家送来的东西，又刚打点好临安伯老太太生日的礼。十点过后，凤姐用早饭。刚用过，周瑞家的带刘姥姥来见。刘姥姥刚说没两句，贾蓉来借炕屏。贾蓉走后，凤姐止住刘姥姥，"不必说了"，安排人摆了一桌客饭，给了二十两银子和一吊钱，"天也晚了，也不虚留你们了"。正是中午时分。

时节是秋尽冬初，天也冷了，穿戴也厚。诸事繁冗间，王熙凤怎么有情趣大中午和贾琏行房？

这回，不太像是贾琏提出的。此时，凤姐在贾府地位处于上升期，正得宠。如果贾琏提，凤姐不乐意，是不成的。

这么冷的冬日，凤姐又很忙，抽空来一回，怕是凤姐的主意。从笑声看，贾琏很满意。

怎么突然就有了这心情？多大事，不能等到晚上再办吗？值得思量。

此前不久，贾蓉曾来借炕屏——

贾蓉笑道："我父亲打发我来求婶子，说上回老舅太太给婶子的那架玻璃炕屏，明日请一个要紧的客，借了略摆一摆就送过来。"

贾蓉嘴贫。读者不要以为真的请什么贵客，要借玻璃炕屏。

其实，明日宁府请的"要紧的客"，就是王熙凤。

王熙凤明日去时——

早有贾珍之妻尤氏与贾蓉之妻秦氏婆媳两个，引了多少姬妾丫鬟媳妇等接出仪门。

那天，宁府还有个小客人——秦钟。秦钟自然不是"要紧的客"。贾蓉说的"要紧的客"，就是王熙凤。

请王熙凤，还需要找王熙凤借炕屏吗？

当然不需要。贾蓉逗逗凤姐而已，更不是贾珍的吩咐。

第二天，贾珍根本没在家——

宝玉因问："大哥哥今日不在家么？"尤氏道："出城与老爷请安去了。……"

听说要借炕屏——

凤姐道："说迟了一日，昨儿已经给了人了。"贾蓉听着，嘻嘻的笑着，在炕沿上半跪道："婶子若不借，又说我不会说话了，又挨一顿好打呢。婶子只当可怜侄儿罢。"凤姐笑道："也没见你们，王家的东西都是好的不成？你们那里放着那些好东西，只是看不见，偏我的就是好的。"贾蓉笑道："那里有这个好呢！只求开恩罢。"凤姐道："若碰一点儿，你可仔细你的皮！"因命平儿拿了楼房的钥匙，传几个妥当人抬去。贾蓉喜的眉开眼笑，说："我亲自带了人拿去，别由他们乱碰。"说着便起身出去了。

"贾蓉喜的眉开眼笑"，说明啥呢？

说明凤姐上当了，真以为他要借炕屏。

当凤姐真的传几个人把炕屏抬去，贾蓉倒拒绝了，说亲自找人抬——这会儿一点儿都不急了。宁府的人抬，和荣府的人抬，不都差不多吗？再对照贾蓉的眉开眼笑，可见，他压根儿不是来借炕屏的，就是逗逗王熙凤。

只是刘姥姥在，贾蓉不认得，也就没说正事儿。说"我亲自带了人拿去"，是告诉凤姐，自己回头还来。

贾蓉刚起身出去，凤姐就有点明白了——

这里凤姐忽又想起一事来，便向窗外："叫蓉哥回来。"外面几个人接声说："蓉大爷快回来。"贾蓉忙复身转来，垂手侍立，听阿凤指示。那凤姐只管慢慢的吃茶，出了半日的神，又笑道："罢了，你且去罢。晚饭后你来再说罢。这会子有人，我也没精神了。"贾蓉应了一声，方慢慢的退去。

贾蓉来什么事？王熙凤不知道。但她能猜到，贾蓉有事相求，并怀疑所求之事，恐怕得贾琏安排。那就少不得要讨好贾琏。

比如第二十三回，凤姐要安排贾芹管事，找到贾琏，贾琏本来想让贾芸管，既然凤姐坚持，就依她了。当时贾琏道：

"果然这样也罢了。只是昨儿晚上，我不过是要改个样儿，你就扭手扭脚的。"

晚饭后，贾蓉来，再说了什么，书上没有写。只写掌灯时分，王熙凤卸了妆，去回王夫人话：

"今儿珍大嫂子来，请我明日过去逛逛，明日倒没有什么事情。"

王熙凤撒了个谎——来请她的不是珍大嫂子，是贾蓉。

宁府单独请王熙凤，这是头一遭。这也解释了为何次日凤姐去，迎接得很隆重，夜晚回去，也有贾蓉特意陪送。

之前，第五回，"尤氏乃治酒，请贾母、邢夫人、王夫人等赏花"，王熙凤只能算在"等"里面。之后，第八回，尤氏请，也是贾母、王夫人等都去；贾母、王夫人回去了，"然后凤姐坐了首席"。

而这次，单独请凤姐，是有缘故的。

凤姐刚管事不久，碰到这种情况，自然要向王夫人请示。

王夫人道："有事没事都害不着什么。每常他来请，有我们，你自然不便意；他既不请我们，单请你，可知是他诚心叫你散淡散淡，别辜负了他的心，便有事也该过去才是。"

于是，第二天一早，凤姐回了王夫人和贾母，要去宁府——

宝玉听了，也要跟了逛去。凤姐只得答应，立等着换了衣服，姐儿两个坐了车，一时进入宁府。

凤姐一见到尤氏、秦氏，就问：

"你们请我来作什么？有什么好东西孝敬我，就快献上来，我还有事呢。"尤氏秦氏未及答话，地下几个姬妾先就笑说："二奶奶今儿不来就罢，既来了就依不得二奶奶了。"

究竟什么事呢？

秦钟上学。

秦钟这天在宁府，王熙凤来之前并不知道，不然就会随身带见面礼了。

尤氏、秦氏求凤姐的事，是从背面写的，通过秦钟和宝玉的聊天透露——

秦钟笑道："家父前日在家提起延师一事，也曾提起这里的义学倒好，原要来和这里的亲翁商议引荐。因这里又事忙，不便为这点小事来聒絮的。宝叔果然度小侄或可磨墨涤砚，何不速速的作成，又彼此不致荒废，又可以常相谈聚，又可以慰父母之心，又可以得朋友之乐，岂不是美事？"宝玉笑道："放心，放心。咱们回来告诉你姐夫姐姐和琏二嫂子。你今日回家就禀明令尊，我回去再禀明祖母，再无不速成之理。"

亲翁，就是贾珍。宝玉不知道此番请王熙凤，就是为这事儿的。贾珍是不太方便去跟贾政提让秦可卿的弟弟来贾府上义学的事——焦大都知道"爬灰的爬灰"，贾珍怎么好提呢？最方便的，是王熙凤向贾母提。

虽然这事儿是主题，但不明写。只写，"一时吃过饭，尤氏、凤姐、秦氏等抹骨牌，不在话下"。

打牌结果十分妥帖——

算帐时，却又是秦氏尤氏二人输了戏酒的东道，言定后日吃这东道。

这就是对凤姐帮忙的答谢了。回去路上，凤姐对宝玉说：

"这才是呢。等到了家，咱们回了老太太，打发你同你秦家侄儿学里念书去要紧。"

回去后，凤姐、宝玉回明贾母，秦钟要上家塾——

凤姐又在一旁帮着说"过日他还来拜老祖宗"等语，说的贾母喜欢起来。凤姐又趁势请贾母后日过去看戏。贾母虽年老，却极有兴头。至后日，又有尤氏来请，遂携了王夫人林黛玉宝玉等过去看戏。至晌午，贾母便回来歇息了。王夫人本是好清净的，见贾母回来也就回来了。然后凤姐坐了首席，尽欢至晚无话。

事儿成了。贾母、王夫人一离开宁府，凤姐就坐了首席。

协理宁国府之前，这是王熙凤管家生涯的重要一步。回目《送宫花贾琏戏熙凤　宴宁府宝玉会秦钟》，也藏着两件事情隐晦的联系。

贾蓉借炕屏这天，书上借周瑞家的和刘姥姥的对话交待：

"……但只一件，姥姥有所不知，我们这里又不比五年前了。如今太太竟不大管事，都是琏二奶奶管家了。……"……"……今儿宁可不会太太，倒要见他一面，才不枉这里来一遭。"

贾蓉上午来借炕屏，王熙凤就猜到，怕是东府有事求她。至于什么事，虽然还不知道，但这天中午，她就主动提出和贾琏行房，笑声中透露出彼此的欢愉。

这么冷、这么忙的天，忽来一番行房，怕在食色之外，还藏着些别的意思。

红楼集看

文采风流

贾政：袭人名字的来历

贾政问袭人名字一节，大有嚼头。

先是王夫人提到袭人服侍宝玉吃丸药，说：

"明儿再取十九来，天天临睡的时候，叫袭人服侍你吃了再睡。"

这是贾政第一次听到"袭人"的名字。

他没有立刻问。他还在咂摸这个人名。这人是宝玉的丫头，贾政已经清楚了 —— "服侍宝玉吃了再睡"，明摆着的。

贾政正琢磨呢，宝玉就回王夫人话了：

"只从太太吩咐了，袭人天天晚上想着，打发我吃。"

现在，贾政确定听到的就是"袭人"。他饱读诗书，很明白"袭人"是什么意思、什么来历。马上想到这必定是宝玉取的 —— 不过，他不会立刻说出来。"袭人"这名字，是诗人与诗人之间的暗号，不懂诗的人是不明白这暗号的。就像宝钗听到黛玉行酒令时说"良辰美景奈何天"，就立刻明白黛玉看过些什么。

那么，贾政只要听到了"袭人"的名字，就不可能不停下来问问。

拿"袭人"来当丫头的名字，不是常格，但也不见得不好。贾政是满意的，但他绝不会直接表露出兴趣，他要先问一句自己早已知道答案的话：

"袭人是何人？"

王夫人道："是个丫头。"

这是不消说的。前面王夫人和宝玉的对话里就体现了。贾政问这一句，只不过是要引出下面的话，他并不是对袭人感兴趣，所以不会接着问："这丫头什么时候来的？家里都有什么人？"——贾政料定"袭人"这名字绝不是袭人父母或者家中长辈取的。如果袭人家里有能取这种名字的人，她就不会被卖到贾府当丫头了。

贾政故意道：

"丫头不管叫个什么罢了，是谁这样刁钻，起这样的名字？"

也很有意思。贾政问的第二个问题，仍然是他心里早已有数的。

如果是外面的诗人取这样的名字，贾政也许会褒奖，但他知道是宝玉，所以说"刁钻"。"刁钻"在这个语境下，其实是褒义。宝玉也清楚，所以他后来出去时，"向金钏儿笑着伸伸舌头"——在老爹面前表现不错。

可是，王夫人不理解，她不明白"袭人"背后的意思，误以为贾政"不自在了"，就替宝玉掩饰道：

"是老太太起的。"

其实，贾政和宝玉这时候都很明白对方的意思。反倒是王夫人，因为不懂诗词，不理解这对父子之间的"貌离神合"，编了句外行话，被贾政一口点破了：

"老太太如何知道这话，一定是宝玉。"

可以看出，贾政在开口问"袭人是何人"之前，早就料定名字是宝玉取的了。但他不会直说，直说不是他做父亲的风格。

而贾政无意留下的解释，也成了他肯定宝玉的证据："老太太如何知道这话"——岂但老太太，连夫人你也不能知道呢！

宝玉只好站出来承认：

"因素日读诗，曾记古人有一句诗云：'花气袭人知昼暖'。因这个丫头姓花，便随口起了这个名字。"

书上没写贾政这时候的心理。他一定是有点儿意外的，但又不是太意外。意外是宝玉给了他一个假答案，但又分明是个优秀的答案。

王夫人还是不懂。她赶紧对宝玉说：

"宝玉，你回去改了罢。老爷也不用为这小事动气。"

王夫人不知道，贾政一点儿都没动气。相反，他有点为宝玉的聪明劲儿高兴——聪明劲儿不是说宝玉取了这么个刁钻的名字，而是宝玉临时现编了个谎，很漂亮的谎。

贾政不肯表露他的小高兴，只是否定了改名的提议：

"究竟也无碍，又何用改。……"

"无碍""何用改"，很有意思。贾政是不会直接说"取得很好""有水平"的。他说"无碍"，就是"很好"；他说"何用改"，就是"有水平"。这是贾政的表达分寸。——这种分寸，兼有身份和性格的原因，也是一代代传下去的。同样的口吻，在老太太身上也有。

有一回，贾母见宝玉他们吃的糟鹌鹑，馋了，也想吃。她会怎么说？

是不是："赶紧的！鹌鹑递过来，给我尝尝！""好好吃喔！"——那就不是贾母了。

贾母不慌不忙，先饮了一口探春斟的暖酒，然后才问：

那个盘子里是什么东西？

众人忙捧了过来，回说是糟鹌鹑。

注意这一问一答。贾母吃了一辈子好吃的，"把天下所有的菜蔬用水牌写了，天天转着吃"，她难道不认得糟鹌鹑?

贾母的兴趣，就是这么表露的。下面人听到贾母这么问，不会呆呆地把糟鹌鹑放在原处，只会"忙捧了过来"，并回说"是糟鹌鹑"。

"那个盘子里是什么东西"就和贾政问的"袭人是何人"一样，兴趣要矜持地流露。不要像没见过世面似的。

那么，贾母在众人把糟鹌鹑捧到自己面前后又会说什么？——"我尝尝?"

不。她先说，"这倒罢了。"又说，"撕一两点腿子来。"

为什么贾母指明要撕腿儿，因为她知道，糟鹌鹑腿儿上的肉最好吃。她说到第三句，才发出具体的指令。——"这倒罢了"是什么意思？

不就相当于贾政说的"究竟也无碍"吗？

这对母子，在各自当行的领域，就是这么自矜。

不过，王夫人当时是没看懂贾政的自矜的，误以为他嫌"袭人"的名字不好，不自在了。

贾政说完"究竟也无碍，又何用改"后，又说：

"……只是可见宝玉不务正，专在这些秾词艳赋上作工夫。"

"只是"两个字，就分明流露出前面的"究竟也无碍"是褒奖。

话说回来，贾政为什么说"秾词艳赋"？

宝玉提到的陆游那句，"花气袭人知昼暖"，是秾词艳赋吗？

当然不是。

陆游这首诗是《村居书喜》：

红桥梅市晓山横，白塔樊江春水生。

花气袭人知骤暖，鹊声穿树喜新晴。

坊场酒贱贫犹醉，原野泥深老亦耕。

最喜先期官赋足，经年无吏叩柴荆。

那为什么贾政说宝玉"专在这些秾词艳赋上作工夫"？是贾政没读过陆游这首诗？误以为是艳诗？

怎么可能。

实际上，是贾政戳破了宝玉——少拿陆游来糊弄你老子，你老子还不知道"袭人"的名字是从哪里取的吗？

"花气袭人"的表达，不是陆游率先使用的。比陆游稍早的洪朋就写过"竹光迷野径，花气袭人衣"，吕希纯也写过"夹道松风吹酒面，满庭花气袭人衣"。而陆游格外喜欢"花气袭人"，不仅在《村居书喜》里用，在两年后写的《东窗遣兴》里又用："花气袭人浑欲醉，鸟声唤客又成愁。"时隔五年，陆游在《夜雨》里继续用："花气袭人娱独夜，雨声绕舍送丰年。"可见陆游对"花气袭人"的钟爱。不过，陆游这三首，以及洪朋、吕希纯那两首，没有任何一首是"秋词"。

那么，宝玉到底是不是根据陆游的"花气袭人知昼（骤）暖"取的"袭人"之名？

不是。

贾政目光如炬。他很清楚，宝玉取"袭人"这名字，真正的出处是卢照邻的《长安古意》——这是一篇比陆游的《村居书喜》更有名的诗，是一首长诗，末尾两句是：

独有南山桂花发，飞来飞去袭人裙。

其中最有名的，人人都听过的，是中间的两句：

得成比目何辞死，愿作鸳鸯不羡仙！

后面是：

比目鸳鸯真可羡，双去双来君不见。

生憎帐额绣孤鸾，好取门帘帖双燕。

双燕双飞绕画梁，罗帏翠被郁金香。

片片行云著蝉鬓，纤纤初月上鸦黄。

鸦黄粉白车中出，含娇含态情非一。

妖童宝马铁连钱，娼妇盘龙金屈膝。

…………

俱邀侠客芙蓉剑，共宿娼家桃李蹊。

娼家日暮紫罗裙，清歌一啭口氛氲。

…………

不是"秾词艳赋"是什么？标标准准的。

当然，宝玉绝不会承认"袭人"的名字取自卢照邻《长安古意》——那不是找打吗？

所以，宝玉搬出了陆游的《村居书喜》——乃取陆放翁春日闲居之意也。《村居书喜》讲的是承平光景：

最喜先期官赋足，经年无吏叩柴荆。

这正是"喜"的由来：朝廷先前收税收够了，现在一年到头都不见小吏来敲门，老百姓怎么能不欢喜呢！

所以，宝玉提陆游"花气袭人知昼暖"，是耍了个小滑头。贾政见宝玉这滑头耍得急智，倒也聪明，所以并不恼，只用一句"不务正，专在这些秾词艳赋上作工夫"来点破他，意思是你能读过几首诗！还以为你老爹不知道！于是喝了句："作业的畜生，还不出去！"——但他心里毫不生气。

这一切，里面的道道儿，王夫人是不可能明白的了。

清客：贾政养了一帮外行

《红楼梦》第七十八回叫《老学士闲征姽婳词　痴公子杜撰芙蓉诔》。"老学士"三个字，是曹雪芹对贾政的评价。贾政在整部《红楼梦》里，从头到尾都没有留下一句诗。但他的文学修养，在点评宝玉等人的诗词、对联、灯谜中是足以体现的，而于"姽婳词"一节最为显露。

这一回，晴雯刚死，送到外头焚化了。宝玉去晴雯哥嫂家，扑了个空，人已经抬走了，门也上了锁。宝玉甚是无味，去找黛玉，听说黛玉去了宝钗处，宝玉又到蘅芜苑，才发现宝钗已经搬走了，四壁空空。于是转回潇湘馆，黛玉尚未归来。此时，王夫人的丫头来找他：

"老爷回来了，找你呢，又得了好题目来了。快走，快走。"

宝玉来到贾政书房时，贾政已经和一众幕友聊了很久。聊的什么呢？有版本作"寻秋之胜"，有版本作"寻书之胜"。

"寻秋之胜"的版本说：

> 快散时忽然谈及一事，最是千古佳谈，"风流隽逸，忠义慷慨"八字皆备，倒是个好题目，大家要作一首挽词。

"寻书之胜"的版本说：

> 临散时，忽谈及一事，最是千古佳谈，"风流隽逸，忠义感慨"，八字皆备，倒是个好题目，大家要做一首挽词。

"快散"与"临散"，其实说的是《红楼梦》这部书"快要完结"或"即将完结"。现在，书里最重要的几位人物——晴雯死了，宝钗搬走了，黛玉不见了，在这个关节上，要做一首挽词。"临散"与"快散"，含义接近，但不是没有区别。"快散"，就是离散场不远了；"临散"，是面临散场，马上就散。

如果第七十八回就是最后一回，显然用"临散"更好。否则，"快散"可能好些。不过，哪怕是"快散"，我也觉得，《红楼梦》后面恐怕根本没有四十回之多，曹雪芹写到第七十八回，就差不多要结尾了。既然"临散"改为"快散"，"忽谈及一事"就改成"忽然谈及一事"——两处都口语化，才是协调的。

"寻书之胜"，明指贾政所寻之书，暗指《红楼梦》。而"寻秋之胜"更蕴藉，"三春去后诸芳尽，各自须寻各自门"，"寻秋"，也就是这意思了。"忠义慷慨"也比"忠义感慨"要好些。

《姽婳词》，也是对大观园女儿们的挽词。

宝玉到书房之前，贾政就打算聊这个题目。但他始终没对幕宾开口，直到宝玉进来，贾政才讲林四娘的故事。讲完，有幕宾取了笔砚，写成短序。贾政评价道："不过如此。"又说"他们那里已有原序"，意思是，你这篇可以不要了。

有版本写道，贾环、贾兰这时候才到 —— 他们到的时候，贾政已经把林四娘的故事讲完了，他们是看了短序才知道故事的。

这个版本补充了不少解释，大意说，贾政知道，贾环和贾兰比宝玉更适合举业，但天生不是写诗的料。像宝玉这样懂得诗的妙处的，才是贾家祖祖辈辈的特点。包括贾政自己也是 ——

> 近日贾政年迈，名利大灰，然起初天性也是个诗酒放诞之人，因在子侄辈中，少不得规以正路。

可见，贾政的少年和晚年，也是诗人一面居多；而在中年，那一面藏起来了。这也是为什么这次宝玉作诗，贾政的口吻和前几年不大一样了 —— 不仅因为宝玉大了，也因为贾政老了。

十三岁的贾兰先作成，是一首七绝：

> 娲娴将军林四娘，玉为肌骨铁为肠。
>
> 捐躯自报恒王后，此日青州土亦香。

死板至极。看不出任何情感，是一首冷冰冰的命题作文。贾兰用韵，选的"七阳"，"七阳"这个韵部，多表达昂藏激扬的情感。比较典型的像杜甫《壮游》，一韵到底都是"七阳"。这个韵部，"忠义慷慨"容易体现，"风流隽逸"难以体现。而"铁为肠"三个字，尤其让人不快。

不过，贾政老了，知道贾兰不是作诗的料，在这方面对他没有太高期待，只说："稚子口角，也还难为他。"

接下来是贾环，写了首五律：

> 红粉不知愁，将军意未休。
>
> 掩啼离绣幕，抱恨出青州。
>
> 自谓酬王德，讵能复寇仇。
>
> 谁题忠义墓，千古独风流。

有版本是"谁能复寇仇""好题忠义幕"，差别在三处："讵能"与"谁能"，"谁题"与"好题"，"忠义墓"与"忠义幕"。

单看"谁题忠义墓"一句，"忠义幕"也许比"忠义墓"好——"忠义墓"有些死板，虽然它更扣"大家要作一首挽词"的要求，而"忠义幕"也可以表示"忠义的闺帏"嘛！只是，前面已经有"掩啼离绣幕"了，在五律中，重复一个

"幕"字，是不好的。因此，通篇来看，除非改掉"掩啼离绣幕"，否则，"忠义墓"更好。

单从对仗上看，拿"谁能"来对"自谓"，是容易想到的，也比"讵能"更工整——工整有时候也意味着不灵活，但这里没有灵活不灵活的毛病，重要的是，"谁能"把重点改变了，用"讵能"，焦点还是在林四娘身上的；用"谁能"，就外散了。所以，"讵能"比"谁能"略好。"好题忠义墓"的"好"字，就是个套话，既然前面把"谁能"改为"讵能"，节约出来个"谁"字，就可以把"好题"改为"谁题"了。

贾环这首，比贾兰的好些。用五律来写，也比用七绝要难一点。贾环用的是"十一尤"的韵。在"风流隽逸"的"风流"二字上，比贾兰强。贾兰为什么是"稚子口角"？——因为压根儿不知"情为何物"。贾环好歹有一句"掩啼离绣幕"。

贾政评价："还不甚大错，终不恳切。"——这和当年批评宝玉的口吻相比，宽容太多了。"终不恳切"，也是实实在在的评价。写是写了，但感情不深入，真正好的东西没有挖出来。贾政之所以喊宝玉作诗，是"又得了好题目来了"，要是只给贾环、贾兰做，就糟蹋了。

现在，轮到宝玉出场了。

宝玉笑道："这个题目似不称近体，须得古体，或歌或行，长篇一首，方能恳切。"众人听了，都立身点头拍手道："我说他立意不同！每一题到手必先度其体格宜与不宜，这便是老手妙法……"

众人说得固然对，但这是在宝玉说完之后，他们才附和的——刚才贾兰、贾环作诗的时候，怎么没见一个人说到体格呢？

那为什么贾政刚才也不说？

他是要看宝玉自己能不能想到。于是，听宝玉这么一说，贾政就要亲自写——宝玉念，他写在纸上。而贾兰、贾环，都是自己写的。

宝玉开口道：

恒王好武兼好色。

注意贾政的表现。他不是在宝玉念出口后，立刻说"粗鄙"，而是先写出来，再看看，然后摇摇头：

"粗鄙。"

一句诗粗鄙不粗鄙，还需要贾政这么个老学士想半天吗？

前面，贾兰刚写出来，贾政还没说话，"众幕宾看了，便皆大赞"；贾环写出来，贾政仍然不是先说话的那个，"众人道：更佳"。——可见，贾政很少先开口。他想看看，在场清客们都是什么看法。

贾宝玉没念之前，众人已经把他大赞了一番，说什么"二爷细心镂刻，定又是风流悲感"，"这便是老手妙法"，云云。——和前面夸贾兰、夸贾环的一样，都是"众人"，是大家一起夸的。现在，宝玉念了一句，大家都哑了，没人吱声了。怎么回事？——这句乍看起来，好像连贾兰的都不如啊！

但这样开头真的不好吗？

贾政心里有数。他等了会儿，见众人都不说话，于是摇头道："粗鄙。"——"粗鄙"未必是贾政自己的看法，是他替众人说出他们的感觉。贾政自己是什么态度呢？是"姑存之"。"姑存之"，就是"暂且留着"。如果宝玉开头第一句就不行，他早就抹掉让重作了。后面他说："不好了再作，便作十篇百篇，还怕辛苦了不成！"——可见，"姑存之"，就表示经过了贾政的鉴定，没问题。而众人不出声，是众人不大懂"古诗"的写法。前面有人提笔写了篇短序，贾政说"不过如此"，这就是众人的水平。

不过，众人当中，到底还有一个不算太外行的，在贾政说出"粗鄙"之后，一幕宾道：

"要这样方古，究竟不粗。且看他底下的。"

注意到区别了吗？——前面都是"众幕宾""众人"，

这时候，是"一幕宾"。可见，贾宝玉开头第一句，就把一堆幕宾的鉴赏水平区分开了。谁懂"古诗"，谁不懂，就看出来了。——贾宝玉的诗，和贾兰、贾环的，在体制上的区别是什么？贾宝玉写的是"古诗"，贾兰、贾环写的是近体诗（格律诗）；而那帮幕宾，大多是更熟悉近体的，古诗方面，多是半瓶醋，只有这个开口的幕宾好一些。他表示，这样写才"古"。

"古"是什么意思？

古，是一种质朴、率直的风格。诗人常常以"古"为高。杜甫的诗好不好？当然好，诗圣嘛。但是，杜甫的诗和《古诗十九首》比起来呢？

像《诗镜总论》说："少陵五古，材力作用，本之汉、魏居多。第出手稍钝，苦雕细琢，降为唐音。夫一往而至者，情也；苦摹而出者，意也……意死而情活，意迹而情神，意近而情远，意伪而情真。情、意之分，古今所由判矣。少陵精矣、刻矣、高矣、卓矣，然而未齐于古人者，以意胜也。假令以《古诗十九首》与少陵作，便是首首皆意；假令以'石壕'诸什与古人作，便是首首皆情……"

这是说，杜甫够伟大了，够高明了，够精当了，但还是不能跟古人比肩。为什么？因为杜甫是刻苦雕镂，古人是真情流露。差别就在这儿。

贾宝玉既然是作"古体"，以"恒王好武兼好色"开头，是不能叫"粗鄙"的。律诗、绝句这样写，当然粗鄙，但古体这样写，一点儿毛病都没有。杜甫也有古诗开头是"群鸡正乱叫"呢。

所以，这个幕宾开口后，贾政说："姑存之。"——就是"要得"。

宝玉又道：

> 遂教美女习骑射。
>
> 秾歌艳舞不成欢，
>
> 列阵挽戈为自得。

宝玉这开头四句，用的入声韵——"色""射""得"押韵。其中的"射"，是按照《诗经》"无射亦保""无射于人斯"的读音来押的。

行家里手，拿入声韵"色""得"开篇，往往是要扎起营寨打硬仗的架势——已经不打算十句八句结束战斗了。（当然也有例外。）

我们看白居易《长恨歌》的开头：

> 汉皇重色思倾国，御宇多年求不得。
>
> 杨家有女初长成，养在深闺人未识。

——同样的韵部。

《琵琶行》开头：

浔阳江头夜送客，枫叶荻花秋瑟瑟。

也是入声韵开篇。

贾宝玉念了这三句，众人又开始称赞：

"只这第三句便古朴老健，极妙。"

——这是句外行话。为什么呢？你瞅瞅它的声律：

秾歌艳舞不成欢 —— 平平仄仄仄平平。

这是典型的近体格律！措辞也是完全可以放在近体诗里的。

比如，李商隐的"花须柳眼各无赖，紫蝶黄蜂俱有情"，郑孝胥的"清明寒食初惊艳，秾李夭桃不当春"，文彭的"风日萧条独倚阑，高歌强笑不成欢"，都是近体。"秾歌艳舞不成欢"，放在近体里绝不违和。说它"古朴老健"，可真是笑话了！就像夸一个曼妙的女人"精神矍铄"。

实际上，这开头四句里，最"古朴老健"的是哪一句？

恒王好武兼好色 —— 平平仄仄平仄仄。

这句不是近体格律。"好武兼好色"的表达，也是近体中通常要回避的 —— 太不假修饰。

而下面三句：

遂教美女习骑射 —— 仄平仄仄仄平仄。

秾歌艳舞不成欢 —— 平平仄仄仄平平。

列阵挽戈为自得 —— 仄仄仄平平仄仄。

都是符合近体格律的。

唯独众人默不作声的头一句，不合近体格律，说得上"古朴老健"。

贾政道："休谬加奖誉，且看转的如何。"

"谬加奖誉"，不是贾政在替儿子谦虚——那帮人真的是"谬加奖誉"，马屁都拍不到点子上。

"且看转的如何"，透出贾政的意思：下面需要"转"了。

什么叫"转"？——从一件事转到另一件事，不再说上面的了。

果然，宝玉念道：

眼前不见尘沙起，

将军俏影红灯里。

众人又一哄而起，交口称赞：

"妙！好个'不见尘沙起'！又承了一句'俏影红灯里'，用字用句，皆入神化了。"

宝玉这两句好不好呢？确实不赖。

但这两句里，最可圈可点的地方在哪儿呢？——既不在用字，也不在用句，而在用韵。

前面贾政说，"且看转的如何"，宝玉就知道，应该换韵了，而且换成"起""里"的韵脚——这是内行的写法。

古诗，有一韵到底的，有中间换韵的。对长诗来说，往往要中间换韵。那么，什么时候换，换成什么韵，大有讲究。诗的韵，好比电影的配乐。场景切换了，中心人物变了，氛围不同了，背景音乐是不是也该换一下？古诗的韵，要和内容搭配，味道才凸显。而近体诗，基本是不换韵的，只在选字上有余地。所以，写古诗，要懂得换韵，韵字换得妥帖，才是老手。

开头四句，中心是恒王，是先叙出大背景：好色的恒王教美女习武。而接下来四句，中心就不是恒王了，是习武的美女。"将军俏影红灯里"的将军，不要错解成恒王，这是"姽婳将军"——恒王哪有什么俏影呢！

"起""里"都是上声，作为韵脚，给人旖旎的感觉。和前四句"色""得"那种"直男韵"大为不同。上声的味道，比如韦庄的"人人尽说江南好，游人只合江南老"，苏轼的"枝上柳绵吹又少，天涯何处无芳草"，白居易的"楼阁玲珑五云起，其中绰约多仙子"——婉转的韵致，不是决绝的入声可比的。

那些宾客，只留意到"用字用句"，说什么"皆入神化"，而对最该称赞的韵脚选择，却没有一个人注意。——确切说，是暂时没人注意。到了后面，曹雪芹会让他们终于注意到韵脚的问题。

贾政这会儿也懒得说他们了。

宝玉又道：

叱咤时闻口舌香，

霜矛雪剑娇难举。

众宾客大为高兴——

拍手笑道："益发画出来了。当日敢是宝公也在座，见其娇且闻其香否？不然，何体贴至此。"

——你看，这帮臭男人，都开始猥琐了。你是不能摹写太细的，一摹写太细，他们就忍不住要联想了。看到"口舌香""娇难举"，立刻兴奋起来。讨论的已经不再是诗好不好的问题，而是"当日在不在座"的问题。

宝玉笑道："闺阁习武，任其勇悍，怎似男人。不待问而可知娇怯之形的了。"

写作是需要生活经验作为支撑的。宝玉从小生长在温柔乡里，和那些寒窗苦读之后给人当个清客幕宾的人，对少女的了解细腻程度自然不同。比如有个代表性的说法，看一张动漫图，画面如果是女生在浴缸里泡澡，从发型上就可以看出来画师是男是女——男画师总是让图画中的女孩鬓角垂下头发，女画师则一律让她挽成髻子。

默不作声了半天的贾政，见宝玉接了句，就打断他：

"还不快续，这又有你说嘴的了。"

宝玉只得又想了一想，念道：

丁香结子芙蓉绦。

众人都道："转'绦'，'萧'韵，更妙，这才流利飘荡。而且这一句也绮靡秀媚的妙。"

曹雪芹终于让这帮宾客也开始注意到韵了。真正有意思的地方在哪儿呢？

——"绦"这个字，根本就不是"萧韵"，而是"豪韵"。

好比指着墙上的"奮鬥"说："你看这书法多好——遒劲有力，奋门！"

"萧韵"和"豪韵"接近，古体可以通押，这帮人就傻傻分不清楚，把"绦"当成了"萧韵"。

在宾客称赞"流利飘荡"之后，贾政道：

"这一句不好。已写过'口舌香''娇难举'，何必又如此。这是力量不加，故又用这些堆砌货来搪塞。"

前面众人说"绮靡秀媚的妙"，而贾政斥为"堆砌货"。那宝玉是什么看法？

宝玉笑道："长歌也须得要些词藻点缀点缀，不然便觉萧索。"

所谓"点缀""词藻"，也就是"堆砌"换个说法，宝玉说，堆砌铺陈一点，也没妨碍，毕竟是长歌。

贾政马上指出这样做的危险：

"你只顾用那些，但这一句底下如何能转至武事？若再多说两句，岂不蛇足了。"

贾政把握的是什么？——节奏。不是用字、用词，甚至不是用韵。那些没什么难的。关键是，停停当当，每一层意思，写到哪里为止。

贾政反问的"这一句底下如何能转至武事"，就表示，底下必须转至武事，如果做不到，节奏上就有问题，就成画蛇添足了。

读者千万不要以为，贾政认为应该提前"转至武事"——在"丁香结子芙蓉绦"这一句就转至武事。为什么？

因为在这之前，贾政说的是"还不快续"——"续"和"转"，是不一样的。该转的时候，贾政会说"且看转的如何"，不该转，贾政才说"续"。

贾宝玉"丁香结子芙蓉绦"这句，确实是续，贾政认为不好，是因为它续得过于"开张"，给马上面临的"转"制造了难度。他怕宝玉不知道下面该转了。

宝玉道："如此，底下一句转煞住，想亦可矣。"贾政冷笑道："你有多大本领？上头说了一句大开门的散话，如今又要一句连转带煞，岂不心有馀而力不足些。"

就好比，开车到快拐弯的时候，正常情况下是该踩踩刹车，把速度降下来的，而宝玉"丁香结子芙蓉绦"，等于猛踩了一脚油门。众人都称赞"流利飘荡"——这哪是该飘荡的时候！

宝玉听了，"垂头想了一想"——这是宝玉写《姽嫿词》时唯一的"垂头"。因为一句之内"转至武事""连转带煞"，确有难度。

想毕，贾宝玉给出一句：

不系明珠系宝刀。

——忙问："这一句可还使得？"众人拍案叫绝。贾政写了，看着笑道："且放着，再续。"

"且放着"，跟前面的"姑存之"一样。贾政不轻易表露肯定，笑道"且放着"，就是相当可以了。"再续"表示，接下来不要"转"，应该继续朝"美女习武"的方向写。

宝玉刚完成一个高难度动作，而且完成得不错，有点儿飘飘然，以至于没太注意他老爹说的"再续"，自顾自地说：

"若使得，我便要一气下去了。若使不得，越性涂了，我再想别的意思出来，再另措词。"贾政听了，便喝道："多话！不好了再作，便作十篇百篇，还怕辛苦了不成！"

贾政为什么喝？他看宝玉这劲儿，知道宝玉没搞清楚节奏——他明明说的是"再续"，而宝玉要"一气下去"，现在是该"一气下去"的时候吗？

但贾政不会明着反问他，只是说：如果写不好，就重写！

宝玉就明白了——暂时还不能"一气下去"，刚刚"转至武事"，有必要再垫两句。

宝玉"只得想了一会"，便念道：

战罢夜阑心力怯，

脂痕粉渍污鲛绡。

——这就对了。这个韵脚"绡"字，才是"萧韵"，和前面"豪韵"的"绦""刀"，是通押的。没有换韵。这样，就符合了贾政说的"再续"。

贾政道："又一段。底下怎样？"

"又一段"，表示底下不要续了，该写另外的事了。

这首《姽婳词》虽然是贾宝玉所作，但节奏上有贾政的提醒：哪里该续，哪里该转，贾政都含蓄地点到了，宝玉的操作也都是按照节奏来的。

于是，宝玉下一句就换韵了，也换了场景：

明年流寇走山东，

强吞虎豹势如蜂。

众人又来了：

"好个'走'字！便见得高低了。且通句转的也不板。"

这又外行了——之前"丁香结子芙蓉绦，不系明珠系宝刀"，是一联之内"连转带煞"。现在，"明年流寇走山东，强吞虎豹势如蜂"，"通句"之内，完全没有"转"的影子。

贾政什么也不说。宝玉就继续下去：

王率天兵思剿灭，

一战再战不成功。

腥风吹折陇头麦，

日照旌旗虎帐空。

青山寂寂水澌澌，

正是恒王战死时。

雨淋白骨血染草，

月冷黄沙鬼守尸。

上面十句，写"恒王战死"，到"月冷黄沙鬼守尸"告一段落。有版本作"月冷黄昏"。"黄沙"要好一些，更惊心动魄，也可以在半夜。"月冷黄昏"，就只是"黄昏"，而黄昏之际的月色，尚不分明，"冷"的感觉没那么显著。

众人都道："妙极，妙极！布置，叙事，词藻，无不尽美。且看如何至四娘，必另有妙转奇句。"

贾政没有发话。这里"告一段落"太明显了，是个人都能看出来。于是，众人开始扮演贾政方才的角色——指点宝玉，下面要靠"妙转奇句"，转至林四娘了。

下面果真需要"妙转奇句"吗？

宝玉念道：

纷纷将士只保身，

青州眼见皆灰尘。

——根本不是"妙转奇句",也没有立刻到林四娘。

又念:

不期忠义明闺阁,

愤起恒王得意人。

——也不是"妙转奇句"。

众人都道:"铺叙得委婉。"

他们刚才以为贾宝玉下面"必有妙转奇句",而宝玉来了个"委婉铺叙"。

这时,半天没开口的贾政,终于开口了:

"太多了,底下只怕累赘呢。"

什么意思?

——16 句之前,宝玉不是说"若使得,我便要一气下去了"吗?贾政喝道"多话"。现在,贾政说"底下只怕累赘",意思是:行了,可以一气下去了。

宝玉乃又念道:

恒王得意数谁行,

姽婳将军林四娘。

号令秦姬驱赵女,

秾桃艳李临疆场。

绣鞍有泪春愁重,

铁甲无声夜气凉。

胜负自然难预定，

誓盟生死报前王。

贼势猖獗不可敌，

柳折花残实可伤。

魂依城郭家乡近，

马践胭脂骨髓香。

星驰时报入京师，

谁家儿女不伤悲！

天子惊慌恨失守，

此时文武皆垂首。

何事文武立朝纲，

不及闺中林四娘。

我为四娘长太息，

歌成馀意尚傍徨！

果真一气下去，20 句，结束了《姽婳词》。

这些内容，是有版本上的差别的。我们略说几处。

"秾桃艳李临疆场"，有版本作"艳李秾桃临战场"，甚至还有人说，"疆场"应该是"疆场"。如果是"疆场"，上下句的韵就隔断了。"疆场"的本义是"疆界"，而在历史上被讹误成"疆场"来表达"战场"的意思。在曹雪芹的时代以前，"疆场"的说法就流行了。从声律上看，"恒王得意数谁行，娉婷将军林四娘。号令秦姬驱赵女"，三句都是近体律：平平仄仄仄平平，仄仄平平平仄平，仄仄平平平仄仄；那么，下一句，要打破近体律才好。"艳李秾桃临战场"——仄仄平平平仄平，还是近体律；而"秾桃艳李临疆场"——平平仄仄平平平，就打破了。

"绣鞍有泪春愁重，铁甲无声夜气凉。胜负自然难预定，誓盟生死报前王。"——这四句，有版本颠倒次序，前两句在后，后两句在前。乍一看，前面写了"临疆场"，似乎后面紧跟着说"绣鞍""铁甲"才是对的；但这样的话，"誓盟生死报前王"和"贼势猖獗不可敌"之间，气脉是间断的。"铁甲无声夜气凉"，和前面的"日照旌旗虎帐空"一样——既然"虎帐空"，下一联恒王就要死了。既然"夜气凉"，下一联就应该"柳折花残"了，都"夜气凉"了还"胜负自然难预定"，是有点毛病的。所以，"绣鞍有泪"在后面为佳。

"贼势猖獗不可敌，柳折花残实可伤。魂依城郭家乡近，马践胭脂骨髓香。"——这四句，有版本变了韵："贼势猖獗不可敌，柳折花残血凝碧。马践胭脂骨髓香，魂依城郭家乡隔。"

或以"伤""香"押韵，或以"敌""碧""隔"押韵。

内容意思一样。这应该不是流传的错误，而是曹雪芹本人的修改。那么，到底是原稿"阳韵"一韵到此，还是修改稿一韵到此呢？

我倾向认为，是修改稿令"阳韵"占足了 12 句。——这 12 句，是全诗剧情的高潮，从林四娘明确出现到她死，中间不换韵更好，更显著地别于其他部分。另外，写完"血凝碧"，再写"马践胭脂"，最后写"魂"，更像是初稿的次序——先写有形之血和胭脂，再写无形之魂魄。那修改稿为什么不依这种顺序呢？主要还是韵律上的考虑：让"阳韵"更长一点。既然把"魂依城郭家乡隔"提到"马践胭脂骨髓香"前面，"隔"字就必须改了，否则和"敌"押韵，是要坏味道的，因此改成"近"。

"星驰时报入京师，谁家儿女不伤悲！天子惊慌恨失守，此时文武皆垂首。"——"天子惊慌恨失守"一句，有版本作"愁失守"，不如"恨失守"。前面"阳韵"连写 12 句后，现在两句即换韵，这就是节奏。随即再回到"阳韵"，四句作结。

众人除了"大赞不止"，没有多余的话。

贾政笑道："虽然说了几句，到底不大恳切。"因说："去罢。"三人如得了赦的一般，一齐出来，各自回房。

宝琴：已经招架不住了

《红楼梦》第五十回，《芦雪广争联即景诗》，史湘云联的句子最多，其次是薛宝琴，再次是林黛玉。不过，诗的好坏、水平的高低，并不在于句子的多少。这篇就来聊聊，到底谁行谁不行。

《芦雪广即景联句》是排律。排律和歌行不一样的地方在于，歌行适合叙事，像《长恨歌》《琵琶行》《新丰折臂翁》等，而排律适合摹写。通常来说，七言比五言更适合叙事——一句话里面字数多一点，就更容易写得明白细致，字数少一点，就简练凝重。五言古诗也可以叙事，像《孔雀东南飞》《石壕吏》《此日足可惜》等。也有七言五言结合，乃至杂言的，也有以叙事为主但不纯是叙事的，像《兵车行》。而五言排律，就不适合叙事了。它适合摹写，呈现场景，铺叠氛围。

我们读《芦雪广即景联句》，要注意它对韩愈《咏雪赠张籍》的大量化用。这首诗虽然叫《芦雪广即景联句》，其实也是咏雪诗。咏物诗非常难写，尤其是咏风花雪月这类司空见惯的东西。你能描写的景象，往往别人都描写过了——不过，今天的环境和古代不同，今天有高楼大厦，你可以在摩天大楼顶层咖啡厅看雪，可以在隔离酒店里对着八块钱一碗的盒饭看雪。只要能抓住这些不同，咏雪诗就还可以写。

对古人来说，唐朝、宋朝到清朝，雪景没有太多不同。那么，曹雪芹这篇咏雪诗，发挥的空间也相当有限。假如不是写在《红楼梦》里，它远不会像现在这样广为人知。可以说是"诗以小说传"了。下面，我们逐句聊。

凤姐和李婶平儿又吃了两杯酒，自去了。这里李纨便写了：

一夜北风紧，

这句没毛病。五言排律，只有开头一联和结尾一联不需要对仗。所以就把开头第一句给王熙凤——这个不会作诗的人。不过，会作诗的人也是类似的开法。

风，在全诗中出现三次。一次是开头，王熙凤的"一夜北风紧"，一次是中间，林黛玉的"斜风仍故故"，一次是结尾，倒数第二联，林黛玉的"无风仍脉脉"。从"北风紧"开始，开启了这首诗，中间，风时不时地吹，转入更深一层的意思去——在"斜风仍故故"之前，说的大多还是些陈旧的东西，"斜风仍故故"之后，真正进入状态，氛围起来了。到结尾，"无风仍脉脉"——风停了，雪依旧潇潇下着，场景已经定格，不需要再写下去了。

自己联道：开门雪尚飘。入泥怜洁白，

平平的起头，中规中矩。把它给李纨。

我们思考一个问题：作排律，是出句难，还是对句难？

初学者会觉得对句难。因为要押韵，又要对偶，技术限制构成了难度。但对老手来说，可能觉得出句更难——写什么比怎么写更重要。对句有押韵和对仗的要求，等于在约束条件下求最优解，可搜索的空间就小了很多。只要满足押韵和对仗的要求，对句就基本上坏不到哪里。而出句，空间就太大了。到底往哪儿写、写什么，如何转入更深一层的意思，或者提笔宕开，比对仗和押韵难很多。

李纨的出句，"入泥怜洁白"，相当平淡。虽然有感情，毕竟是太容易想到的。

香菱道：匝地惜琼瑶。有意荣枯草，

香菱的对句一样平淡。下一联起句"有意荣枯草"，稍微好一点点。类似的意思，韩愈写过了："压野荣芝菌，倾都委货财。""压野荣芝菌"和"有意荣枯草"，都是说雪压向原野，滋润了植物，只是韩愈说的是"芝菌"，香菱说的是"枯草"。这让人想到白居易的"离离原上草，一岁一枯荣"。可以说是暗用典，用的熟典。所以把它给香菱——一个初学者。

探春道：无心饰萎苔。价高村酿熟，

曹雪芹这篇《芦雪广即景联句》和韩愈的《咏雪赠张籍》，都是咏雪，气质很不同——韩愈那篇是纯阳刚的气质，"降龙十八掌"一路的，而曹雪芹这篇就妩媚温婉，柔多刚少——但毕竟不能纯走阴柔一路，也是需要些阳刚气的。在《芦雪广即景联句》中，承担阳刚气的，主要是两个人：湘云和探春。她们二人又有区别：湘云是乐天派，"回也不改其乐"那种，不愤世嫉俗，始终怀抱希望——她是个不怕点炮仗的人。所以，由她一人承担了这首诗中相当多的句子，给"女儿诗"注入了阳刚的气质。而探春，是磊落慷慨、决绝坚韧的——她是个独立自强的人，用今天的话说——"飒"。

"无心饰萎苔"，比李纨的"入泥怜洁白"、香菱的"有意荣枯草"，立场鲜明、情绪果决。探春绝不含混，道不同不相为谋，该割席，就割席。因此，这句给探春。

下一联起句，"价高村酿熟"，跳出来了——在全诗第四联，起跳了。不再死板地抓住有形的"雪"不丢手。

黛玉看过香菱第二篇咏月诗之后说，"意思却有，只是措辞不雅。皆因你看的诗少，被他缚住了。把这首丢开，再作一首，只管放开胆子去作。"

什么叫"放开胆子去作"？探春这里就做了个示范。

前面李纨、香菱，都"看的诗少""措辞不雅"，被"雪"缚住了。咏雪诗，可不仅是写雪的，尤其不仅是写有形有象的雪——那有什么写头儿！要把思路放开：下着大雪，天气寒冷，家家都要用酒来驱寒——"绿蚁新醅酒，红泥小火炉"，不就是下雪天吗？韩愈的《喜雪献裴尚书》，"气严当酒换，洒急听窗知"，不也是下雪天喝酒吗？乃至韩剧《来自星星的你》："下雪了，怎么能没有炸鸡和啤酒？"——我们今天写咏雪诗，千万不要再写"鹅毛""柳絮"，没意思！但"炸鸡和啤酒"是可以写的，这才叫咏雪，"停靠在八楼的二路汽车"也可以写，你用排律写都没问题。唐朝的郑谷，"雪满长安酒价高"，很好，就是手放开了，"炸鸡和啤酒"为什么火，跟"雪满长安酒价高"是一个道理。

探春"价高村酿熟"这句，化用了郑谷诗。虽然不错，但毕竟是二手的意思。虽然是二手的意思，也比前面三联明显好了一个档次。从"价高村酿熟"往后，句子就超出了业余级别，王熙凤、李纨、香菱后面再也没续过——她们已经接不住招儿了。

李绮道：年稔府粱饶。葭动灰飞管，

杜甫《小至》，"吹葭六琯动浮灰"——传说，把芦苇秆里的薄膜碾成灰，塞到律管里，把十二支律管放到密闭的房间，到了对应的节气，里面的芦苇灰就会飞出来。——这当然只是传说，事实是，你吹它，它就会飞出来，不吹，就不会。它虽然不具备现实的真实性，但它具备传说的真实性，就像"嫦娥应悔偷灵药，碧海青天夜夜心"，也是好诗——虽然嫦娥奔月不是史实，但借传说生起的情绪是真的。

如果你不了解书上的传说，也没读过"吹葭六琯动浮灰"，就写不出"葭动灰飞管"。葭灰不会在现实世界里动，但在诗人的想象里，有这么一种事情存在。

"年稔府梁饶"，很平。

李纹道：阳回斗转杓。寒山已失翠，

李纹的"阳回斗转杓"，还是化用杜甫《小至》，"冬至阳生春又来"。不过，这里的"阳回"，未必要理解为冬至。这首诗叫《芦雪广即景联句》，在十月十八日，离冬至还有一个月呢。

十月，在《周易》十二消息卦里是《坤》卦，六爻皆阴。正是阴极。这也是为什么"寒衣节"是十月初一。到十一月，就是《复》卦，一阳来复，冬至就在十一月；十二月，是《临》卦，两个阳爻起来了；到正月，就是《泰》

卦，下面三个阳爻，叫"三阳开泰"。"一阳初起处"，一般是说"冬至子之半"，但十月既已过半，说"阳回"也不妨。

"寒山已失翠"。翠，并不是这时候才失——秋天木叶飘落，就失翠了，不待大雪覆盖。不过，用"已"字，没毛病：早已失翠了嘛；如果用"顿"，就不贴切了。

岫烟道：冻浦不闻潮。易挂疏枝柳，

寒山虽然久已失翠，冻浦却是最近才不闻潮声的。在时序上写出了递进。

"易挂疏枝柳"，是说积雪容易挂在稀疏的柳枝上。摹写并不稀奇。

湘云道：难堆破叶蕉。麝煤融宝鼎，

好了，第一个大拿出手了。从湘云的对句就能看出，"易挂疏枝柳"完全是陪衬。这一联，核心在"难堆破叶蕉"。实际上，排律如果是一个人作而不是联句的话，很多时候是先有对句后有出句的。曹雪芹大概也是先有的"难堆破叶蕉"，再想出"易挂疏枝柳"。

"难堆破叶蕉"好在哪里？——它写的不是现实，而是一种古典的想象。

王维有一幅画，《雪中芭蕉》。"雪里芭蕉火中莲"，是稀有的物事。陈与义诗说，"雪里芭蕉摩诘画，炎天梅蕊简斋诗。它时相见非生客，看倚琅玕一段奇。"

"雪中芭蕉"不是眼前的真实，但在传说中，有这么一段故事，史湘云据此对出"难堆破叶蕉"。如果照实理解，就平白无味了。

"麝煤融宝鼎"，很好。这是全诗到目前第一次出现警句——前面探春"价高村酿熟"那句，假如不是化用郑谷诗，也是可以称为警句的，但因为是从郑谷那儿化来的，也就打折扣了。

"麝煤融宝鼎"，说它是警句，是不能把麝煤理解为煤或者某种芳香燃料的。——大雪天，烧点东西取暖，是人人都想得到的，不会因为把鼎叫"宝鼎"、煤叫"麝煤"，句子就"警"起来了。麝煤，就取它的原义：芳香的墨。韩偓诗，"蜀纸麝煤添笔媚，越瓯犀液发茶香"——好茶杯、好水，能把茶的香气激发出来；好纸、好墨，能让笔画更妍媚。

这里，湘云是说，大雪天，墨都冻住了，想写字，怎么化开呢？挪到宝鼎旁边烤一烤。所以叫"融"。融宝鼎，不是"融于宝鼎"，而是"因宝鼎而融"。这就有意思了——由下雪，想到墨冻上，而拿到炉边化开。

湘云一出手，不是前面几位可比的。

宝琴道：绮袖笼金貂。光夺窗前镜，

宝琴呀，就是个花瓶。"绮袖笼金貂"，完全是为了对上"麝煤融宝鼎"而存在的。本身意思太平常——下雪穿皮袄，没什么写头儿。

"光夺窗前镜"，稍微好一些，写到了雪光。但是一瞅接下来林黛玉的对句，就要替薛宝琴哭了：它又是为"香粘壁上椒"陪跑的。——在和史湘云的一联里，湘云的起句是主，宝琴的对句是宾；在和林黛玉的一联里，宝琴的起句是宾，黛玉的对句是主。

黛玉道：香粘壁上椒。斜风仍故故，

林黛玉，林大拿，第一次出手了。"香粘壁上椒"，盖过了"麝煤融宝鼎"，是迄今最好的一句。

林黛玉教香菱作诗时说，"虚的对实的，实的对虚的"。人民文学出版社的《红楼梦》特地注释说，"可能是作者或传抄中的笔误"，理由是，"虚词对虚词，实词对实词"——这就是不知道林黛玉在说啥。林黛玉不是在教语法，说的不是词性，而是意思：实的意思，对虚的意思；虚的意思，对实的意思。

像这里，宝琴出句"光夺窗前镜"，就是实的；黛玉对句"香粘壁上椒"，就是虚的——雪光是看得见的，而雪香，则并不是雪本身的香，是壁赋予它的，是由联想而起的。同样，前面岫烟出句"易挂疏枝柳"，就是实的；而湘云对句"难堆破叶蕉"，就是虚的。再往后，黛玉出句"斜风仍故故"，就是实的，确实有一阵阵风不时吹来，而宝玉对句"清梦转聊聊"，就是虚的，因为梦看不见摸不着。说虚实相对，是这个意思。

"香粘壁上椒"，警句一出，给下面的起句带来了很大难度。林黛玉跳开，来了句"斜风仍故故"。这是全诗第一次出现叠词。

其实，"斜风仍故故"所能体现的功力，是在"香粘壁上椒"之上的。这是两种不同的功力。"香粘壁上椒"，考验你能不能想出好的意思，而"斜风仍故故"，考验你对全诗节奏的理解和把握。拿围棋来比方，"香粘壁上椒"，是对杀中的妙手，而"斜风仍故故"，是"脱先"的本事。

前面所有人，包括湘云，出句都没有"脱先"过——"价高村酿熟"只是从局部的小缠斗中腾出身，而林黛玉这句"斜风仍故故"，遥遥呼应了开头的"一夜北风紧"，开启了新的一节。可比围棋进入了序盘。

宝玉道：清梦转聊聊。何处梅花笛？

序盘第一句，是宝玉接招。"清梦转聊聊"，是说清梦时有时无，不能成片。为什么梦不成？冷，当然是原因之一，但不是唯一，更有由雪引起的遐思。

由此，下一联就写到人了。"清梦转聊聊"之前的所有句子，都只是写雪，没有人，"价高村酿熟"也没有真实的人。到"清梦转聊聊",人出现了。随后,"何处梅花笛"——雪已经不再是中心,雪中人,雪中情,成为中心。

> 宝钗道:谁家碧玉箫?鳌愁坤轴陷,

"谁家碧玉箫",太工整了,工整得冷冰冰的,没有一点私情。

"鳌愁坤轴陷",意思蛮好:雪太厚,快把地轴压塌了,背负着大地的鳌很犯愁——马上要背不动了。

够巧妙。但可惜,这不是薛宝钗想出来的,只是她读过韩愈的《咏雪赠张籍》,"日轮埋欲侧,坤轴压将颓",就是这个意思。薛宝钗只不过把它和鳌背负着大地的传说结合起来。

> 李纨笑道:"我替你们看热酒去罢。"宝钗命宝琴续联,只见湘云起来道:龙斗阵云销。野岸回孤棹,

到宝钗这儿,已经轮了一圈。本来该李纨的,但李纨没能力接招,只能干后勤了。宝钗让宝琴来接,史湘云当仁不让,抢先接了句:龙斗阵云销。这是化用"战罢玉龙三百万,败鳞残甲满天飞"。

湘云接下来的起句,"野岸回孤棹",又在不经意地掉书袋了——重点不在掉书袋,而在不经意。这让人联想到"雪夜访戴",但她不会写得很分明,写太分明,就死了。就这样若有若无地连着,蛮好。

宝琴也站起道：吟鞭指灞桥。赐裘怜抚戍，

宝琴心说：难道我读的书就比你少？她用了郑綮"灞桥雪"的典故。黄庭坚诗"不似灞桥风雪中，半臂骑驴得佳句"；秦观《忆秦娥》词序说，"驴背吟诗清到骨，人间别是闲勋业。云台烟阁久销沉，千载人图灞桥雪。"

"赐裘怜抚戍"，仍然是比拼腹笥——看谁肚里货多。这是《宋史·太宗本纪》里的事，皇帝赐给戍边的战士襦裤，实际上，赐的并不是"裘"，都赐裘的话，可是一笔不小的财政开支。说"裘"，只是好听一些。

湘云那里肯让人，且别人也不如他敏捷，都看他扬眉挺身的说道：加絮念征徭。坳垤审夷险，

湘云的对句，是《唐诗纪事》里的故事，有个宫女在为戍边战士做的棉衣中，多加了棉絮，并藏了首诗——她不知道棉衣会被谁收到。收到棉衣的人发现诗，报告上去，唐玄宗听说，把宫女赐给那个士兵了。

湘云的出句，"坳垤审夷险"，是句好诗：下了大雪，走路的时候要千万小心，因为白雪覆盖的地方，下面有可能是坑洼（坳），也有可能是小坡（垤），如果不小心辨明是平是险，就会摔着绊着。

然而，这句好诗，还是从韩愈《咏雪赠张籍》里化来的。韩愈原诗是，"坳中初盖底，垤处遂成堆"。不过，湘

云化得活泛，添上"审夷险"，就是典故活用，比"赐裘怜抚戍，加絮念征徭"好多了。于是得到宝钗的称赞——

　　宝钗连声赞好，也便联道：枝柯怕动摇。皑皑轻趁步，

"枝柯怕动摇"意思很好，措辞也自然：走过树底下时，生怕树枝动摇，让积雪落到头上。

宝钗的出句，"皑皑轻趁步"，说行人在雪中走路，是不敢踩实的。——像这些，就是手放开了，由雪而写到雪中的人。

　　黛玉忙联道：蔫蔫舞随腰。煮芋成新赏，一面说，一面推宝玉，命他联。

"蔫蔫舞随腰"，是说雪花飘舞在行人腰间。难道雪花就不飘舞在行人头的四周、脚的四周吗？说"舞随腰"，而不说"舞随头""舞随肩"，倒不全是因为押韵。"随腰"是更美一些的，就像芭蕾舞的裙子。

"煮芋成新赏"，仍然是用典。本身说不上多好，但黛玉这么出，是给宝玉个机会。"新赏"两个字，如果不是为了引出"旧谣"，是大可不必下的。因此，黛玉"一面说，一面推宝玉，命他联"。

　　宝玉正看宝钗、宝琴、黛玉三人共战湘云，十分有趣，那里还顾得联诗，今见黛玉推他，方联道：撒盐是旧谣。苇蓑犹泊钓，

"撒盐是旧谣"，是熟典。黛玉推宝玉的时候，就知道他

会这么联，等于送了宝玉一句。"苇蓑犹泊钓"，又是熟典，三岁小孩都会背——"孤舟蓑笠翁，独钓寒江雪"。

见宝玉只会这些，湘云就笑他。也有版本这里作"孤松订久要。泥鸿从印迹"。"孤松订久要"虽然也是熟典，但不像"撒盐是旧谣"那么现成，也不符合宝玉的气质，倒像探春的气质。而"泥鸿从印迹"不至于被湘云笑成"不中用"——

湘云笑道："你快下去，你不中用，倒耽搁了我。"一面只听宝琴联道：林斧不闻樵。伏象千峰凸，

"林斧不闻樵"，平平，说下雪天听不到伐木声。

"伏象千峰凸"，化用韩愈"岸类长蛇搅，陵犹巨象豗"。

湘云忙联道：盘蛇一径遥。花缘经冷结，宝钗与众人又忙赞好。

"盘蛇"也是从韩愈诗里借的。

"花缘经冷结"，说雪花不同别的花，别的花因为冷而凋残，雪花倒因为冷而聚结。这算不上很好的句子，但是宝钗喜欢——她是冷美人。所以她先赞好，别人也就跟着赞好。

探春又联道：色岂畏霜凋。深院惊寒雀，

"色岂畏霜凋"，是全诗中少有的感情强烈直率的句子，给了探春。

"深院惊寒雀"，依然化用韩愈："误鸡宵呃喔，惊雀暗裴回。"

湘云正渴了，忙忙的吃茶，已被岫烟联道：空山泣老鸮。阶墀随上下，

岫烟这句，韩愈也写过类似的意思："龙鱼冷蛰苦，虎豹饿号哀"，岫烟把"龙鱼""虎豹"换成了"老鸮"——在飞雪的日子里，老鸮又冷又饿。为什么这句给岫烟？别人都穿着华贵的衣服，"邢岫烟仍是家常旧衣，并无避雪之衣"。

出句"阶墀随上下"，化用韩愈的迹象很淡。韩愈是"隔绝门庭邈，挤排陛级才"，感情很强烈。岫烟情绪淡然，但不是没有情绪：素富贵，行乎富贵；素贫贱，行乎贫贱，这叫"阶墀随上下"。是写雪，也是写自己。这样化用，比宝琴的"伏象千峰凸"好多了。只是岫烟不张扬，她的诗才是不在宝琴之下的。

湘云忙丢了茶杯，忙联道：池水任浮漂。照耀临清晓，

"池水任浮漂"，依然有韩愈的影子，韩愈是"座暖销那怪，池清失可猜"，都是写雪花落入池中。

韩愈《喜雪献裴尚书》有"照曜临初日，玲珑滴晚澌"，是化用谢惠连《雪赋》"若乃积素未亏，白日朝鲜。烂兮若烛龙，衔耀照昆山"。湘云的出句"照耀临清晓"，也是由此而来，但湘云的"照耀"，恐怕不是说"白日"，而是

"只见窗上光辉夺目，心内早踌躇起来，埋怨定是晴了，日光已出。一面忙起来揭起窗屉，从玻璃窗内往外一看，原来不是日光，竟是一夜大雪，下将有一尺多厚"。

湘云的"照耀临清晓"是明亮耀眼的，黛玉乃与此不同——

黛玉联道：缤纷入永宵。诚忘三尺冷，

"缤纷入永宵"，美得惊心动魄，寂天寞地。

"诚忘三尺冷"，人民文学出版社版本把"三尺"解释为"剑"，说这表示戍守的将士忘记了寒苦——很坏味道。"三尺"当"剑"，在这里是讲不通的。三尺，当指雪深三尺。如庾信"雪高三尺厚，冰深一丈寒"，卢纶"山雪厚三尺，社榆粗十围"，白居易"忆昨腊月天，北风三尺雪"。"诚忘三尺冷"，也许暗用"程门立雪"之典，原典中，"门外之雪深一尺"，这里为什么是三尺？因为"一"字是仄声，所以改为"三"，如此而已。

湘云忙笑联道：瑞释九重焦。僵卧谁相问，

"瑞释九重焦"，可见湘云是乐天派。

"僵卧谁相问"，也是个熟典——袁安卧雪。韩愈《喜雪献裴尚书》也用过，"履敝行偏冷，门扃卧更羸"。但这里不可说化用韩愈诗，只可说用了同样的典。

宝琴也忙笑联道：狂游客喜招。天机断缟带，

"僵卧谁相问"与"狂游客喜招",旗鼓相当。

但宝琴的出联不行。"天机断缟带",是化用韩愈的"随车翻缟带,逐马散银杯"。不是说这样化用不行,只是,前面早已写到了与雪相关的人事,都到了"狂游客喜招",又回到"天机断缟带"这样单纯摹写雪大的场面,显得有些才思不足了。

湘云又忙道:海市失鲛绡。

比"天机断缟带"好,宝琴又当了湘云的陪衬。

林黛玉不容他出,接着便道:寂寞对台榭,

为什么是在这里"林黛玉不容他出",而不是前面或后面?

前面,都是每人两句,到这里,湘云刚说一句,林黛玉就夺过话头儿了。因为,不能再沿着"天机断缟带,海市失鲛绡"的方向写下去了——序盘差不多结束,该进入中盘鏖战了。所以,史湘云在对出"海市失鲛绡"后,必须停下来想想该怎么开头——这是"脱先"的一手,就被林黛玉抢了战机:寂寞对台榭。中盘鏖战就此开启。

湘云忙联道:清贫怀箪瓢。

这是典型的湘云气质——"回也不改其乐"。

宝琴也不容情,也忙道:烹茶冰渐沸,

这里,最值得看的,不是"烹茶冰渐沸",而是宝琴的两个"也"字——"也"不容情，"也"忙道。刚才林黛玉"不容他出"，现在宝琴有样学样，跟着"不容情"。之前，湘云喊宝琴吃鹿肉，说"傻子，过来尝尝"，宝琴见黛玉不吃，就也不吃，说"怪脏的"，宝钗怕湘云不高兴，赶紧向宝琴解释："你尝尝去，好吃的。你林姐姐弱，吃了不消化，不然他也爱吃。"宝琴听了，便过去吃了一块，果然好吃，便也吃起来。

宝琴年纪小，欣赏林黛玉，就处处学林黛玉。

"烹茶冰渐沸"，是说收集雪来烧茶，雪在壶里渐渐沸了。用"冰"字，一是因为平仄需要，二是因为，既然写雪，就要尽量避免雪字出现（开头一联不算）。

湘云见这般，自为得趣，又是笑，又忙联道：煮酒叶难烧。

湘云化用了白居易的"林间暖酒烧红叶，石上题诗扫绿苔"。

黛玉也笑道：没帚山僧扫，

这句颇有风致。扫雪是容易写到的。韩愈就有"聚庭看岳耸，扫路见云披"，但黛玉的意境完全不一样。

黛玉这句，巧在表达次序：隐没了扫帚——是山僧在扫雪。如果按照正常语序，"山僧扫雪，雪没过了扫帚"，就相当没意思。

不过，假如细究，会发现隐隐有无理的地方：雪真到了"没帚"的地步，扫起来就很费劲了，一般就该用铲子铲了——那么厚的雪，是扫不动的。薄薄一层雪，才好扫。可见黛玉没怎么干过体力活。

宝琴也笑道：埋琴稚子挑。湘云笑的弯了腰，

——湘云为什么"笑的弯了腰"？是这一句很有意思吗？不是。是薛宝琴招架不住了。

黛玉上句是"没帚山僧扫"，宝琴要押韵，选了"挑"字。挑字有三个韵部：萧韵、筱韵和豪韵。这里用萧韵。挑什么呢？宝琴想到"挑琴"。"挑琴"近似弹琴，但又不同。萧纲"挑琴欲吹众曲殊"，白居易"轻拢慢捻抹复挑"，都是挑琴。宝琴这里的挑琴，是胡乱拨弄，稚子不会弹琴，这里挠一下，那里拨一下，叫"挑"。

黛玉的"没帚"，第一个字是"没"，宝琴对"埋"，"埋"和"没"是合掌的，于是就有了"埋琴稚子挑"。大概想说，稚子挑的琴——放得低矮，被大雪埋住了。

但这是有毛病的：雪那么大，琴为什么不抱进屋里，放在外面让它生锈吗？

现在是中盘鏖战，宝琴刚才的"烹茶冰渐沸"是没问题的，那是出联，出联不必考虑对仗押韵，约束较少。而需要对上联的时候，宝琴就难以招架，对了个不太通的句子。湘云很率直，宝琴在她眼里傻傻的，吃鹿肉时喊她"傻子"，半是调侃，半是觉得她确实有点呆。见她对得不通，笑得腰都弯下去了，自己的出联别人也没听清。

忙念了一句，众人问"到底说的是什么？"湘云喊道：石楼闲睡鹤，黛玉笑的握着胸口，高声嚷道：锦罽暖亲猫。

"石楼闲睡鹤，锦罽暖亲猫"，这一联绝佳。这两句最关键的字，不是"闲"和"暖"，而是"睡"和"亲"。不要读成："石楼／闲／睡鹤，锦罽／暖／亲猫"，要读成："石楼闲／睡／鹤，锦罽暖／亲／猫"。石楼平常是不会睡鹤的，因为有人打这里经过，到了大雪天，再也没有人来，石楼闲了，鹤在这里睡下了。一个"睡"字，表示大雪之后的寂静、行人稀少。"闲"，不是鹤闲，是石楼闲，石楼远离了人而闲。要是理解为"鹤闲"，意思就差了：鹤什么时候都闲，不用上班，闲云野鹤，下不下雪它都闲，鹤闲跟雪没关系，石楼闲，才是雪闹的。从下面的对仗也能看出来，是锦罽暖，不是猫暖。

"锦罽暖亲猫"，更好了。锦罽，就是好毛毯，好毛毯当然保暖。但是，再保暖的毛毯，大夏天的，猫也不会理它。而到了严冬，猫就要往毛毯上偎，不管好毛毯赖毛毯，只要暖和，就吸猫。这里的"亲猫"，就是今天说的"吸猫"。真正的重点，在"亲"。猫冻得总想往毛毯上凑——写下雪天冷，非常妥帖。千万不要把"亲猫"理解成"亲爱的猫"。

猫不分亲的干的。"亲"在这里是动词，不是形容词。

宝琴也忙笑道：月窟翻银浪，湘云忙联道：霞城隐赤标。

现在，好几个人在笑。宝琴不知道湘云为什么"笑的弯了腰"，黛玉为什么"笑的握着胸口"，但看两个姐姐笑成这样，想必是很好笑的，于是不肯落后，"也忙笑道"。

宝琴的"月窟翻银浪"，也不好。

有人说这是化用陈与义《咏月》"银浪泻千顷"，不对——陈与义的"银浪"是说月色，如果把这里的"银浪"看成月色，就表示天气晴好，明净的月亮升起了，这就和宝琴后面联的"或湿鸳鸯带"不搭——雪还在断断续续地下，天还阴着，不可能有明净的月光。因此，"银浪"应该理解为漫天飞雪，像唐朝李咸用的"云汉风多银浪溅"。

宝琴这里的"月窟"，不能理解为"月亮"，应理解为"月亮的窟宅、归宿"。因为，在飞雪的夜里，是不能看见月亮的，甚至在户外，连"银浪"的"银"字也无从知道——一片漆黑嘛。这跟今天不一样，今天的城市里，有街灯、车灯，夜里也能看到纷纷扬扬的大雪。古代的黑夜，只能打起灯笼，哪能看到漫天的雪。所以，从意思上看，这里的"月窟"是不如"云汉""天汉"的，那为什么宝琴不用"云汉""天汉"？因为前面有"龙斗阵云销""天机断缟带"，"云""天"等字都用过了，避免重复，所以用

"月窟"。

此外，这一句的位置也不对。它不该出现在"中盘鏖战"的阶段，至少应该在"寂寞对台榭"之前。比如，"天机断缟带，海市失鲛绡。月窟翻银浪，霞城隐赤标"，这样，就妥帖多了。而在"锦罽暖亲猫"后面又写"月窟翻银浪"，就属于"开倒车"了。

还要注意，前面的"天机断缟带"就是宝琴联的，这和"月窟翻银浪"压根儿就是一个意思。韩愈诗"随车翻缟带，逐马散银杯"，是在同一联中，并不是把同样的意思反复说。可见，薛宝琴现在是想不出来新鲜的了。

不过，湘云的对句"霞城隐赤标"相当不错。尤其好在把"霞"和"赤"两个字对调了。

霞城，不是城，是山，叫"赤城山"，因为山上的土是红色的，看起来像云霞，远远望去，像红色的城墙，所以叫"赤城山"。孙绰赋，"赤城霞起而建标"。

赤城山上红色的土，被大雪覆盖，隐没了高耸的标记，叫"霞城隐赤标"。如果写成"赤城隐霞标"，就俗了。好比欧阳修《醉翁亭记》，"酿泉为酒，泉香而酒冽"，有人说，应该是"泉冽而酒香"——这就不懂文学了。

黛玉忙笑道：沁梅香可嚼，宝钗笑称好，也忙联道：淋竹醉堪调。

宝琴虽然跑偏，黛玉并没有跟着她走。"沁梅香可嚼"，仍然和前面的"锦罽暖亲猫"在一条线上。这句用了铁脚道人的典。铁脚道人经常赤着脚在雪里走，诵《庄子》的《秋水篇》，不时抓一把梅花，和着雪嚼。"沁梅香可嚼"，是说落在梅花上的雪沁入了梅花的香气，香，说的是雪香，不是梅香。让人联想到薛宝钗的"冷香丸"。

宝钗见宝琴已经力量不加，却又不自知，也就不再矜持，亲自上阵，对了句"淋竹醉堪调"。"淋"字恰好和"林黛玉"的"林"同音，又暗用王禹偁《黄冈竹楼记》"冬宜密雪"的典，可说工稳。

而宝琴缺乏自知，仍然要参与——

宝琴也忙道：或湿鸳鸯带，湘云忙联道：时凝翡翠翘。

这一联平平，意思不大，该收官了。于是黛玉鸣金——

黛玉又忙道：无风仍脉脉，宝琴又忙笑联道：不雨亦潇潇。

"无风仍脉脉"，一是黛玉对全诗收官，二是降低难度——在场所有人，听了这个出句，都能对出"不雨亦潇潇"，比前面赠宝玉的"撒盐是旧谣"还要白送。

湘云伏着已笑软了。众人看他三人对抢，也都不顾作诗，看着也只是笑。

湘云这是笑黛玉和宝琴呢。

黛玉还推他往下联，又道："你也有才尽之时！我听听还有什么舌根嚼了！"湘云只伏在宝钗怀里，笑个不住。宝钗推他起来道："你有本事，把'二萧'的韵全用完了，我才服你。"湘云起身笑道："我也不是作诗，竟是抢命呢。"众人笑道："倒是你说罢。"探春早已料定没有自己联的了，便早写出来，因说："还没收住呢。"李纨听了，接过来便联了一句道：欲志今朝乐，李绮收了一句道：凭诗祝舜尧。

"还没收住呢"，表示探春是知道排律写法的。这最后两句，就是套话，留给李家姐妹了。

现在，把全诗的警句捋一捋：

湘云：麝煤融宝鼎；霞城隐赤标；

黛玉：香粘壁上椒；缤纷入永宵；锦罽暖亲猫；

宝钗：枝柯怕动摇；

虽说史湘云联的句子最多，但林黛玉的句子含金量更高。节奏上，"斜风仍故故"，"寂寞对台榭"，"无风仍脉脉"，这些变化都是黛玉完成的。黛玉是当之无愧的诗魁，湘云只能居第二，宝钗联句虽少，第三的位置却是她的。

第二梯队里，探春、宝琴、岫烟稍胜，李纹、李绮稍弱；宝玉藏拙，没显出本事，"又落了第"，是宝玉故意的。香菱和李纨，就是第三梯队的了。

后记：
碧看与穷聊

我聊《红楼梦》是"穷聊"。

"穷聊"有三个意思。一是，作为作者，我手头的资料太少了。张爱玲从小就爱读《红楼梦》，可真正谈上"研究"，是她中年以后到了国外，有机构资助，有很多资料可以获取。而我这本书，不是"研究"，就是借着《红楼梦》的故事，说说自己的所思所想，和一些刁钻古怪的推断。我绝不是先定下来一个"研究大纲"，把目录列出来，再一节节"研究"——我觉得按照那种方式展开的研究，多半是垃圾（一棍子可能打死一大片）。我聊《红楼梦》，是有想法就写，没有不硬写，所以我也不知道哪天对哪个细节会有一些想法，于是写作时间跨度很长，写作地点也不固定，有时候在北京，有时候在河南老家，很多时候手边没有充足的资料。涉及的版本，有时候用这个，有时候用那个，学术规范是完全谈不上了；但作为文学，我觉得没问题。穷了搞不起研究，创作还是搞得起的，要不怎么说"富武穷文"呢。文学容易让人变穷，但穷也有利于文学。

二是，我希望能把话题穷尽。比如，聊小幺儿和柳嫂，我希望我聊之后，这个话题在原始文本的阐述上就终结了，山穷水尽了。如果做不到，这个话题我宁愿不聊。脱离文本的发挥当然是不可能穷尽的，所以我只限制在对原始文本的阐述上。这是写作者的野心，也是写作者的虚荣。

三是，我喜欢聊《红楼梦》里的穷人 —— 小人物、下层人。越是在这样的人物身上，越能看见活泼泼的生活，看见人世间的辛酸。贾母是富贵的人，但聊贾母，我不想聊她前半生的富贵，不想聊《红楼梦》前五十回的富贵，比如刘姥姥进到大观园看见的那些；我更愿意聊七十回以后，贾府连一碗多余的好米饭都拿不出来的时候贾母的表现；以及王夫人告诉贾母晴雯已经被撵走了的时候，贾母的微笑和点头。—— 这就是穷。富贵一生的人，老了，也要日暮途穷。

《红楼梦》表面上看，是大红大紫、大富大贵，勘破它，里面是穷——日暮途穷。

所以本书叫《红楼碧看》。"碧看"也有三个含义：

一、谐音"必看"。之前我写过一本《水浒白看》，"白看"有双关的含义，一个意思是看了王路讲《水浒》，发现以前看《水浒》都白看了；《红楼碧看》也差不多：想把《红楼梦》弄明白，这本书是必看的。当然，不能叫《红楼必看》，那就太俗气了，跟《高考必备》似的。

二、"白看"和"碧看"，"白"和"碧"都是颜色。假如将来还聊《三国》，可能会出一本《三国赤看》——"赤"也是颜色，还可以理解为"赤裸裸地看"；聊《金瓶梅》，也许叫《金瓶玄看》——"玄"是黑色，可以理解为看出其中的玄妙；但不能叫《金瓶黄看》——那就出版不了了。不过，起名容易，写书却耗时，我总不能为了还不错的书名去写一本书，所以，那些都遥遥无期。

三、看朱成碧。"红"就是"朱"。薛宝琴的诗"昨夜朱楼梦，今宵水国吟"，"朱楼"就是红楼。从《红楼梦》的富贵锦绣里，看出日暮途穷，也算是"看朱成碧"吧。